JN206142

船団の俳句

HAIKU OF SENDAN

船団の会　編

本阿弥書店

S E N D A N

まえがき

近年、いろんなところで、「船団の俳句は……である」という言い方に出会う。……に入るのは、軽薄とかむちゃくちゃとか現代的とか。いずれにしても、否定的というか非難のニュアンスがある。

もっとも、それは船団的だな、などと言われると少しうれしい。特色が出ている、ということなのだから。

右のようなことを意識して、『船団の俳句』と名付けてアンソロジーを出すことにした。この書名は芸やひねりがなくて船団らしくない気がするが、そのものずばりを大事にするのは、やはり船団流？

このアンソロジーに載せたのは、句集が一冊以上ある人、または俳句選集に参加したことのある人である。亡くなった人、船団にかつていた人などもいるのだが、今回のアンソロジー参加者は現存の船団の会会員に限った。

実際の編集作業は小枝恵美子を中心にした『船団の俳句』編集委員会が行った。参加者を色分けしているが、これは編集委員の人数に合わせてアトランダムにふりわけたに過ぎない。色の名もまた編集委員の好みによっている。もしかしたら、こうしたやり方がとても船団風、船団流かもしれない。

ともあれ、ここに『船団の俳句』が一冊になった。さまざまに読んでいただき、悪口雑言、そしていくらかの共感の言葉が、私たちの耳に届くことを楽しみにしている。

（船団の会代表・坪内稔典）

船団の俳句＊目次

赤

青

SENDAN ―― CONTENTS

※( )内は鑑賞者名

黄

SENDAN —— CONTENTS

装幀・本文デザイン
渡邊聡司

黒

船団の俳句

赤

SENDAN　RED

赤の貢献

星野早苗

六人兄弟の母には三人の兄と二人の弟がいる。三人の兄に次いで母が生まれたとき、

「これでやっと、家に赤い物が干せる」

と喜ばれたのだそうだ。地味な暮らしの中で、赤い着物はよほど美しく見えたのだろう。

だが封建時代には、赤は禁忌を犯す色だった。何度も出された奢侈禁止令で染料の高価な赤と紫は禁色とされた。そのせいもあって、表は地味に装いながら裏地などの色柄に凝る美意識、江戸の「粋」が生まれたようだ。艶やかな赤は、表立てずに裏からほのかに見せる色だった。

数年前、大原女装束について聞く機会があった。大原古文書研究会の上田寿一さんのお話では、「橋を渡って京に出る、ということで、大原女装束は、当時から少しはおしゃれな服装だったのでしょう。大原女たちは仕事帰りには市中で買い物もしたようです」

とのことだった。同じ行商でも、農村にではなく都に出る商いは、多少華やいだものだったのだ。その心の弾みが大原女装束にも反映しているらしい。

大原女装束は仕事着だが、大原の女性たちは現代も祭の神事にそれで臨む。村の女性の正装なのだそうだ。仕事着というケの衣装が、祭の神事というハレの場の衣装にもなるのは随分めずらしいことではないだろうか。

大原女装束は建礼門院徳子に仕えた阿波内侍の仕事着だった、という説がある。その真偽はと

もかく、大原は鄙ではあっても、都人たちには静かな隠棲の場所として憧れの土地だった。惟喬親王の出家遁世の地であり、寂源が現在の地に勝林院を建立、大原三寂と称せられる寂念・寂超・寂然らの歌人が隠棲した土地である。そうしたことから、都の人々に卑しまれることもなく、鎌倉時代から長い年月、大原女たちは働き続けることができた。それが、今に至る大原女装束への愛着につながっているのだろう。

京都の周辺には、柴を売る大原女の他にも、花売りの「白川女」、飴などを売る「桂女」、炭を売る「八瀬女」、床几や梯子などを売る「畑の姥」などがいた。これらの中でも大原女の商う柴はいかにも素朴な商品だ。柴が生活必需品だったとしても、頭に載せて運べる量には限りがあり、売値を考えるとどれほどの儲けがあったのか心配になる。しかし、柴のような只で手に入る物が売り物になったのは、やはり都が近いという大原の地の利が働いたのだ。

大原女装束といっても決まった色柄があるわけではない。普段の地味な着物を短く着付けて半幅帯を前で結んだだけのこと。だが、襷や前掛けの紐、頭に被る手ぬぐいの柄など、どこかに赤が差してある。大原女には都の女性たちのおしゃれに学ぶ機会もあったはずで、ただの野良着を都へも着て行けるファッションに変えたのは彼女たち自身の力だと思う。その装束と相まって、素朴で健康的な大原女のイメージが出来上がった。江戸の粋とはまた違った素朴な美しさの誕生に、赤の貢献はいかほどだっただろうか。

赤坂恒子（あかさかつねこ）

一九四七年生まれ。一九九五年「船団」入会、「現代俳句協会」「日本連句協会」会員、詩誌「ア・テンポ」同人。船団徳島句会代表。徳島県鳴門市の小さな島に住む。雲を眺め、風と鳥の声を楽しんでいる。

島ひとつ手のひらに乗せ春の昼

（『トロンプ・ルイユ』二〇一三年）

日本神話で伝わる、最初に出来たという「おのころ島」があるのが、淡路島の「沼島」であり、その島を北に望む鳴門市の岡崎海岸で赤坂さんは育った。家の前に海岸が広がるという風景は、その後の生活にも取り入れたいという強い思いとして募り、今は鳴門市の小さな島に暮らしている。この句は今の生活環境は元より、幼少期に毎日眺めていたであろう「沼島」という存在を現在に重ねることで、充足感を手に入れた喜びを詠んでいるのだ。

ふはふはのレタスを買つて風ン中

（同前）

坪内稔典さんの言葉に「『片言』にならざるをえない俳句は、偏狭で単純であることの意外性を最大の特色とする」というのがある。そこで、片言的な俳句を意識していたところ、この句が見つかった。手に持った感触だけからレタスを表現しているが、重層的な構造のレタスが浮かび上がり、今にも空に飛んで行きそうなレタスに、わくわく感が漲る。レタスを買ったというだけの単純な行為から生み出された意外性。風の中には未知の世界が待っているのだ。

亀鳴くやトロンプ・ルイユ出られない

（同前）

句集名の「トロンプ・ルイユ」を詠み込んだ象徴的な句だ。意味は「だまし絵」であり、その中に入り込んだという設定になっている。「亀鳴く」は藤原為家の歌、「夕闇に何ぞと聞けば亀ぞなくなる」から、春の季語になったもの。分からないものの鳴き音を、とりあえず亀だろうと言う曖昧さと、「だまし絵」なる絵画の中に入り込むという奇想天外さにより、この句は小宇宙を形成しているのだ。作者は上手に遊んでいる。読者も宇宙に引き込まれてしまう。

春の穴ちよつとのぞいて見てごらん
島ひとつ手のひらに乗せ春の昼
ふはふはのレタスを買つて風ン中
亀鳴くやトロンプ・ルイユ出られない
晩夏光砂におしりの跡ふたつ
浮いて来い私が私であるやうに
火の匂ひ籠りし髪を洗ひをり
秋色の海よりほろと生まれたの
二の腕にさらりと秋はきてゐたり
魚の首ざつくり落とす星月夜
岬よりふつとそのまま秋の空
月今宵砥石は癖を持て眠る
さざん花は散るのが上手だから好き
口中の煮凝りのやう君の嘘
たつぷりと葱をきざんで泣いてやろ

魚の首ざつくり落とす星月夜　（同前）

鳴門は魚が美味しい町だ。鳴門海峡という漁場が控えているから、日常的に魚料理に手を染めるのだろう。一尾丸々を捌くことになるのは当然のこと。三枚に卸すにはまず頭を切り離さなければならない。よく切れる包丁を胸鰭の下に入れても首の骨のところで止まる。そこを一気に力を入れて切り落とすのだ。まさにざっくりという断頭の音が台所に響き、外は星月夜が広がる。空に昇った多くの命の煌めきか、ざっくりというショッキングな音がいつまでも耳に残る。切り落とされたのは魚の首だけではないのだ。

口中の煮凝りのやう君の嘘　（同前）

鮃の煮付けだろう、コラーゲンたっぷりの煮凝り。口中では舌の温みだけで液化して、旨味だけが心地よく広がってゆくのだ。そんな喩えを、「君の嘘」に冠して言い切る十二音からは、煮凝りという料理の旨味たっぷりの嘘が美味しく感じられる。

（**梅村光明**）

秋山（あきやま）　泰（やすし）

一九五四年、愛媛県川之江市（現四国中央市）生まれ。俳句以外の趣味・特技は、主に日本の流行歌分析（好きな作曲・編曲家は筒美京平）、ギター、書籍や論文を読むこと（仕事も兼ねて）。

秋山泰の俳句はある種難解である。その難解さは、彼が知の武装をどこまでも解かないことに由来している。

彼が知の武装を解かないのは、抒情によって武装を解除された精神が、自己意識の核を失って現実の世界へ流出してしまうことを恐れるからである。そして俳句がその時、いかに平板で通俗に堕すかを知っているからである。抒情は他者やその総和である社会とつながるツールでもあるのだが、彼はそれらと情を通じることを峻拒する。それが彼の孤立を深める。だがこの孤立はむしろ彼の矜持なのだ。

矜持に支えられた知の武装は、詩においてはしばしばメタファーの形をとる。

裏切ればどんどん薔薇になってゆく

（『流星に刺青』二〇一六年）

薔薇になってゆくのは、裏切った私なのか、裏切られた誰かなのか、または人間関係そのものなのか。どちらも同じことだ。裏切りによって人や人と人の関係は薔薇になってゆくのだ。薔薇の花弁は散ることを前提として、人間関係を解体していく様を表徴する。バラは隠喩である。われわれが持っている薔薇の芳醇なイメージは、「裏切り」に還元され、「裏切り」もまたバラの絢爛さに支えられて華々しいものに転換する。「裏切り」という負の言葉は華麗でありながら、薔薇に潜むデカダンの香りを誘発している。この隠喩こそが、彼の知の武装なのである。

海開くフランス装の書を切って

（同前）

膨大な書を読む秋山は、自家製のフランス装の書をもっているのかもしれない。頁ごとにペーパーナイフで切って読む方法は、読書家に夢にも似た時間をもたらすのであろう。

ここでも「海開く」は単なる季語ではなく、やはりメタファーとして働いている。頁を切るごとにインクの香りとともに現れる文字たちは、夏の海のように新鮮に輝いているのだ。

海開くフランス装の書を切って
新宿の朝をひきずるナメクジリ
青田道どこまでゆけば歳をとる
天道虫若しくは又は文具店
孑孑の子子孫孫と他人の血
おまえなど大阪湾に浮いてこい
毛虫降る午後には午後の時間割
裏切ればどんどん薔薇になってゆく
シャーシャーと蟬は鳴いてろ請求書
沖に出て帰らぬ夏を立ち泳ぎ
営業に出ていったまま蛇いちご
冬銀河どこまで繰っても前掲書
冬青空フランスパンが立ったまま
春うららいい日いい医者いい病気
生きていた痕跡もなく春の海

SENDAN ———— RED

沖に出て帰らぬ夏を立ち泳ぎ　（同前）

「帰らぬ夏」は感傷である。社会から隔絶することを欲する精神はときに感傷を必要とするのだが、感傷は他者との通路になる恐れがある。彼はこの通路を塞ぐものとして「立ち泳ぎ」を用意する。「立ち泳ぎ」の不安定感を挿入するのが知の仕掛けである。この仕掛けによって、言葉は「立ち泳ぎ」のように危うく佇むことになる。感傷は解消される。この倒錯の手法から秋山らしい含羞も生まれる。

春うららいい日いい医者いい病気　（同前）

「春うらら」は作家によって解釈された季の詞である。季の実際ではない。赤黄男風の知的諧謔は、「いい病気」まで言い得て本物になる。ここに含羞がほの見える。

俳句は現世や社会を切り捨てて存在することはできない。作家が成熟し、俳句が熟成するためには、それらと適切な関係を結ばなければならない。秋山の俳句はおそらく、知による武装を堅持しながら、心情の在り方としての含羞という心の傾きによって、現実世界と交わる通路を辿っていこうとしているのではないか。

（**木村和也**）

杏中清園（あんなかせいえん）

一九四〇年大阪市生まれ。一九八〇年より作句。二〇〇九年毎日文化センター「ネンテン塾」に入会。同年、俳文画集『紅蜀葵（こうしょっき）』上梓。二〇一一年「船団」入会。趣味は油絵、書道、コーラス、料理。大阪市在住。

妻の座にどかりと座り新生姜

（『紅蜀葵（こうしょっき）』二〇〇九年）

この句は杏中さんのお人柄が小気味よく出ている。家族に愛され、家族を愛し包容力のある杏中さんそのもの。新生姜は香りも良く薬味としても最高。私は新生姜が出回ると甘酢漬けにして冷蔵庫で保存し重宝している。作者も新生姜を愛し、その季節を心待ちしていて甘酢漬け等に精をだされるのではと、想像をかきたてられる。妻の座と新生姜の取り合わせ、中七の「どかりと座り」がユーモアを誘い、好きな句だ。作者は多趣味で活発な大阪の良きお母さんなのだ。

枝豆のさやの中なる反省会

（同前）

反省会を兼ねた二次会等で、枝豆をつまみに談笑しながらビールを酌み交わしていたら、莢が山盛りになっていたのであろう。枝豆や莢が活発な場で中心的存在としてクローズアップされ、その場の様子が景として見えてくる。ご馳走でなく、枝豆がなんとも心憎いではないか。この面白さこそが、まさに俳句的ではないだろうか。

秋夕焼牛一頭の貨車行けり

（同前）

なんと切ない句であろうか。詠み手の気持ちは何も言っていないのだが、貨車に乗った牛のこれからの運命を暗示している。季語の秋夕焼がよく効いている。作者の眼差しに温かさと優しさを感じる。それに加えて、作者は日本画の鈴木松年を先祖に持ち、作者自身も油絵を描いておられるので、構図的な感性をお持ちなのではと思う。

ロボットの仕事している春の暮

（「船団」九〇号　二〇一一年）

妻の座にどかりと座り新生姜
しんしんと枝垂桜の揺れの中
しゃぼん玉ゆがみの中の神戸港
カシニョールの女を気取り春の海
春愁や宴の後の訪問着
枝豆のさやの中なる反省会
守宮来て糠床混ぜる我を見る
秋夕焼牛一頭の貨車行けり
欄干にドレミファソラファ冬鷗
秋深し胎児の鼓動透いて見え
ロボットの仕事している春の暮
君とならば住めば都さ寒昴
春風とワニがカバさんに会いに来る
マッシュルームしめじ舞茸カルボナーラ
梅林を出て観る猿の綱渡り

SENDAN — RED

この句からは、ロボットがどこで、どのような仕事をしているかは定かではない。しかしロボットと春の暮れの取り合わせの句は新鮮である。今はまさに様々な働くロボットが開発され活用されている。先日も災害現場等でくねくねと動くヘビ型ロボットを、京大が開発したと発表された。これからは人間の出来ない危険な仕事もロボットが活躍する時代となる。ロボットを句材にするとは前向きで活動的な杏中さんらしい作風ではないだろうか。

マッシュルームしめじ舞茸カルボナーラ

（「船団」一〇四号　二〇一五年）

三種の茸が入ったカルボナーラが実に美味しそうだ。句のリズムがいい。このリズム感により、料理の楽しさや弾んだ気持ちが伝わってくる。また食卓を囲む方々の笑顔まで見えてくる。食べ物の句を詠むには、美味しそうと読み手に思わせるのがコツだと思う。料理が得意な杏中さんだからこそ、リズミカルに詠めるのだろう。

（鶴濱節子）

内野(うちの)聖子(せいこ)

一九六四年兵庫県生まれ。大学時代に俳句と関わる。大学卒業後、約十年のブランクを経て、「船団」入会。句集に『猫と薔薇』。十一歳になる(二〇一七年現在)飼い猫を溺愛している。山口県下関市在住。

内野さんこと「ひらめ」と私は赤穂高校の同級生。赤穂城の塩屋門を出たところにあるひらめの実家に、学校帰りはもちろん卒業後もよくお邪魔した。高校で出会った時には、既にみんなから旧姓をもじったニックネーム「ひらめ」と呼ばれていた。文学少女のひらめは大学ノートに詩のような小説のような独自の世界を綴っていた。大学時代を山口で過ごし、そのまま山口で教職に就いたひらめ。学生時代に上野さち子先生と出会ったひらめは、真面目に俳句を勉強したので、

色鳥の影を残して飛び立てり(『猫と薔薇』二〇一二年)

と、クラシックな句を詠む。俳人しか知らないような「色鳥」という季語を使ったところに、ひらめがきちんと俳句と関わっていたことがわかる。残念ながら学生時代はひらめと俳句の話で盛り上がることはなかったのだが、結婚、出産を同時期に経て、一足先に入会していた私が「船団」に誘い、今は毎月メールで句会をしている。

ひらめの俳句の原動力は「恋」と「猫」。たとえば、

春の駅会ってはならぬひとと会う(同前)

この「会ってはならぬひと」って誰？　元カレ？　憧れの君？　禁断のひと？　とにかくひらめの俳句は意味深。追求したら、きっとひらめは「ふふふ」と笑いを浮かべてどれだけ切ないかを語ってくれるだろう。しかし慰める必要はない。ひらめは切ない自分が好きなのだから。そしてその切なさがひらめを美しくしているといっても過言ではないのだ。場合によっては、ずぶずぶと禁断の世界に嵌っていく。

月光や身体の窪みまで届く(同前)

「窪み」という言葉が想像力を掻き立てる。「月光」がすべてを美に包んでくれる。ちなみに、

どろどろでぐちゃぐちゃの夏きみがすき(同前)

と、さらりと「きみがすき」といってしまうことがある。しかし、ひらめがストレートに「すき」と明るく言うとき

さくさくらちるさくらとのまんなかに
三月の猫の肉球ふくふくと
春の駅会ってはならぬひとと会う
きりもなく猫の眺める薔薇の雨
どろどろでぐちゃぐちゃの夏きみがすき
インタビュー受けるピッチャー蟬時雨
月光や身体の窪みまで届く
行進の生徒の肩に赤とんぼ
センサーで鳴くこおろぎや旅の宿
色鳥の影を残して飛び立てり
鶏頭を通りすがりに撫でてみる
唇を受けるかたちで雪を見る
帰りきて冬の匂いの猫を抱く
猫の居たかたちに春のあたたかさ
階段を桜の花びら降りてくる

SENDAN ―――― RED

は実は挨拶のようなもので、本格的な恋愛ではない。相手がひらめを意識し、真っ直ぐにひらめを捉えようとし始めるとひらめは静かに動き始め、熱い恋が始まる。相手は現実の世界にいるのか空想の世界にいるのかはわからないが、そんなことはどうでもよい。恋は彼女の命のようなものだから。

そして「猫」。こよなく猫を愛するひらめ。それは猫がひらめの分身だからかもしれない。生まれてからずうっとひらめの側には猫がいる。今は十一歳になる蘭と暮らしている。子どもたちが自立し、ひとり暮らしのひらめを支えてくれる。仕事で疲れて帰り、ドアを開けるともふもふの蘭が正座をして出迎える。

帰りきて冬の匂いの猫を抱く　（同前）

箱入り娘の蘭は恋を知らない。でも恋するひらめはもちろん、恋に疲れたひらめもあたたかく癒してくれる。そんな蘭もすっかり年を取ってしまった。蘭専用の布団で休み、最高級のキャットフードを食べてメタボ猫になってしまっているが、ひらめの婆や的存在として俳句に詠まれる。

（尾上有紀子）

岡野泰輔（おかの たいすけ）

一九四五年生まれ。二〇〇四年船団の会入会。句集に『なめらかな世界の肉』共著に『俳コレ』他。テニスやサッカーをやっていた。バルサファン。劇団「チェルフィッチュ」が贔屓。駄物蒐集癖あり。千葉県在住。

名月やみなアメリカの夜めいて

（『なめらかな世界の肉』二〇一六年）

「アメリカの夜」とはご存知の通り映画用語。カメラレンズに特殊なフィルターをかけて、昼間に夜のシーンを撮る疑似夜景を指す。私はこの言葉をフランソワ・トリュフォーが監督した映画作品のタイトルで知った。例によって難解な内容だったが、この句もその佇まいに似ず、作者の真意はそれほど単純なものではないだろう。

月が煌々と射し込んでいる。その照らしている景物はすべて、覆っているオブラートを剝ぐと、実態のないまがい物に過ぎない。いや名月それすらも、フィルターを纏ったフェイク＝贋物の光を発しているのではないか。だが、それは俳句にも通ずる一手法である。映画研究者の側面を持つ作者は、俳句のフェイク性を肯定的に捉えているように感ずる。この句は、その宣言ではないかとも思われるのだ。

つぎつぎと林檎が落ちてくる石段

（同前）

雨の中、語り合っている男女。その光景をズームアウトしてくると、クレーンに乗ったカメラマンやホースを持って雨を降らす人など、スタッフが映し出される。そんなシーンが映画「アメリカの夜」にあったように思う。だが、観客が通常、目にするのは、恋人たちの雨の情景だけだ。

掲句のメインはもちろん石段。画面上より林檎が間断なく転げ落ちてくる。ズームアウトすると果たして、スタッフが籠を抱えて一個一個、林檎を落としている光景が現れるかもしれない。しかし読み手は、ローマ・スペイン階段上段にいるオードリー・ヘップバーンの持つ籠から林檎が転げ、それを下段のグレゴリーペックが受け止める、そんなシーンすら想起するかもしれない。つまりは画面が上質ならば、読み手は自ら物語を紡ぎ出すということだろう。

菜の花や見張り塔から人が来る

（同前）

この人は何を見張っているのだろう。そして何故に塔から降りてきたのだろう。この句に「見張り塔」という一語

菜の花や見張り塔から人が来る
野遊やそろそろ昏い布かけて
ピアニスト頸深く曲げ静かなふきあげ
つぎつぎと林檎が落ちてくる石段
犯人を本に戻して夏終る
あつたかもしれぬ未来に柚子をのせ
名月やみなアメリカの夜めいて
宇宙船錆びるともなく浮くともなく
細かくいへばタイツのゆるいフレディ・M
くり返すイソノカツオの夏休み
若狭には文殊おはして蒸鰈
芍薬を剪つて夕方ふらふらす
音楽で食べようなんて思ふな蚊
目の前の水着は水を脱ぐところ
考へて屏風を置いたレストラン

SENDAN ―――――― RED

がなければ何の魅力も感じない。この言葉こそが上質なカットを作り出している。作者は昏を衒った言葉を用いている訳でもなく、句の表面はとても鮮明である。だが、その深層を辿っていくと様々な画面に表出し、そして読者のイメージの世界を揺さ振る。そんな仕掛けを作っているのだ。

ピアニスト頸深く曲げ静かなふきあげ　（同前）

吹き上げているものは水か風か。それとも音そのものか。ともあれ私には閉鎖された空間から解放されたピアニストの姿が浮かんでくる。そして彼はその後、何処に向かって歩むのか、画像の結末の創造を強く読み手に迫ってくる。

俳句の本質が作者と読者の言葉の共応だとすると、掲句作者は、言葉が創り出す世界そのものを読者に投げかけている。現実にはない偽物の世界だが、句の情景がもし上質ならば、読者はもちろん受け止めざるを得ない。質のタイトロープに揺らぐその作句法に、とても魅力を感じている。

音楽で食べようなんて思ふな蚊　（同前）

手垢まみれの言葉・手法を踏襲して安住し、それを自分の世界と思っているならば、それこそが本当のフェイクなのだ、作者はそう怒っているのではないか。　（赤石　忍）

甲斐（かい）いちびん

一九四一年台北生まれ。二〇〇一年頃から作句。二〇〇七年から二〇一一年「花句会」参加。二〇〇九年「船団」入会。二〇一四年、句集『忘憂目録』出版。

ミモザ咲きましたかと耳なし芳一

（『忘憂目録』二〇一四年）

甲斐氏が俳句をはじめられたのは六十歳とのこと、一般には遅いほうだろう。しかし、独自の文学的・文化的教養を身につけておられるとみられる（そこからディレッタンティズムの匂いがしないわけではないが、甲斐氏の人柄がその匂いを消している）。さて、句の鑑賞だが、ミモザと芳一は洋と和。聴く耳がなければ、「咲きましたか」の返事は聞けない（文字で書く、手話という手もあるが）。この句にはなにか現世で交差しえないものの不条理感がある。芳一は甲斐氏の句のトレードマークの一つらしい。

沖縄の六月くねくね蝶わたる

（「船団」一〇七号　二〇一五年）

甲斐氏の句には、戦争（十五年戦争）への眼差しがある。敗戦時四歳であったものの、敗戦の記憶や大人たちの言説が記憶にあるのだろう。沖縄の一九四五年六月は、沖縄戦の最後であった。「蝶わたる」に「ひめゆり」を想起する。

手袋の裏も手袋海に雪

（『忘憂目録』）

「海に雪」は、ジェロの演歌「海雪」（日本海の雪）を連想させるが、それは傷ではない。むしろ積もらない雪の儚さは、極寒の夜なかでの手袋という防寒用具の暖かさとの対照性が出てくる。「裏も手袋」とは、寒さを何とかしのいでいる感がよく出ているように思う。甲斐氏にしては、めずらしく王道の句だ。

囀りやパパパパパパパパパゲーノ

（同前）

これは、ナンセンス句であろう。パパパパというリズムが面白い。「囀り」は付き過ぎかもしれないが、ナンセン

ミモザ咲きましたかと耳なし芳一
たんぽぽの乳においますと耳なし芳一
プリン一個喜屋武岬に置いてみんか
囀りやパパパパパパパパパゲーノ
忘憂幾許パプリカの尻のくびれなど
手袋の裏も手袋海に雪
忘憂一献きりもなき萩と月のこと
桃すする忘れてもいいかいマノン・レスコー
八月の胎児聴き入るラジオかな
煤逃げて赤色エレジー首に巻く
沖縄の六月くねくね蝶わたる
夏怒濤誰か背中をかいてくれ
長き夜の底へ底へと星月夜
夕立来て夕立風来てカサブランカ
絢爛とおろおろおろと行く枯野

SENDAN — RED

ス句の手がかりとしては必要かもしれない。これも、オペラ・歌曲のことを知らないと笑えない。そう。甲斐氏の句は、ナンセンスでも、高踏なのである。

夏怒濤誰か背中をかいてくれ

（「船団」一一二号　二〇一七年）

これはユーモア句と理解した。「誰か背中をかいてくれ」というのは、夏の日焼けで、皮がむけているからなのであろう。いまでは、オイルを塗ったりクリームをつけたりするが、昔は、背中の皮がむけた少年が、海で泳いでいた。夏の怒濤のように歳をとりたいのではなく、怒濤のように、激しく掻いてほしいのだ。自分で掻くのは無理だから。孫の手も「痒いところに手が届かない」。とっても背中がかゆいから、早く誰か！

（秋山　泰）

河野祐子（こうのゆうこ）

一九七九年愛媛県生まれ。大学在学中より俳句をつくったり、句会に参加したりし始める。白ごはんが好きである。

河野祐子さんは坪内稔典さんと同じ愛媛県、南予の出身。京都教育大学に学び、今は再び愛媛に住んでいる。愛媛で河野といえば、水軍の末裔だろうか。私も祖先は村上水軍だといわれているが、よくわからない。私も京都の大学に通っていたが、学年が違って会うことはなかったし、同じ船団の仲間とはいえすれ違いという感じ。ただ俳句を通じて「作者」を想像してみるしかない。

Tシャツの汗ごと欲しい君のこと

（「船団」七三号　二〇〇七年）

まず代表作にあげられたこの句の、大胆な告白に気後れする。「汗」という季語はそれだけで青春性をまとっているが、実際に「汗ごと」「欲しい」「君」なんて言われたら、うわあ、と引いてしまう。いや、これはスポーツとか汗とかに苦手意識のある私のせいか。それでも現実にこんなセリフを言っている男女がいたら相当イタいと思うが、「俳句」として提示されると、あっけらかんとした大胆さを、応援したくなってしまう。そのあっけらかんとした感じが、

甘すぎるココアも君ももう要らん

（「船団」七三号　二〇〇七年）

と隣り合っていると、これはもう笑うしかない。なんて自分勝手な人だろう。あの情熱的な告白はどこへ行ったのか。いや、悲しいけど冷めちゃうんですね、としたり顔で同意する私に〈正論を並べちゃやだよところ天〉（「船団」七五号　二〇〇七年）が来る。すみません、つまらないこと言いました。

ここまで書いて気が付いた、河野さんの俳句の特徴は、読者が思わず会話に参加したくなってしまう、その対話性だと。たとえばこの句。

蚊を叩きティッシュに並べ今二匹

（「船団」七六号　二〇〇八年）

なにしとんねん。

共感というのとも少し違う、自由奔放な俳句に対して読

頬づえをついてる春の台所
Tシャツの汗ごと欲しい君のこと
甘すぎるココアも君ももう要らん
正論を並べちゃやだよところ天
蚊を叩きティッシュに並べ今二匹
白桃の繊維女の口の中
テーブルを捨てよう春の気まぐれに
炊飯器口開け夏に飽きている
二日目のくずきりのような言い訳
猫太夫出っ腹ゆらし春田ゆく
春の壜の底にいるようで、泣いた
どこからもはみ出るレタスのふりふり
ご無沙汰の長谷川さんはヤモリです
仰向けのクラゲとなっていく二人
れもんれもん夜から夜への蛇行

SENDAN ―――― RED

者がツッコミをいれたり、笑ったり、時に反論したり、泣いたり。作者自身と会話しているような、独特の臨場感がある。しかもこの作者、会話があちこちに飛ぶし、妙なところにこだわるし、どうも会話のテンポや内容が、変。

ご無沙汰の長谷川さんはヤモリです

（『関西俳句なう』二〇一五年）

「今夜は長谷川さんがね、久しぶりに来てくれたんだ」「長谷川さんって誰」「ほら、いま窓の外にいるよ」「え⁉」たぶんこの人は、このヤモリに毎晩挨拶をしているのだろう。やっぱり少し変だ。

そんな快活でおしゃべりな「河野さん」（注＝実在の河野さんとは別人かも知れません。俳句から浮かんできた作者です）だが、時に一人になると、あやしげな呪文をつぶやく。どうやらその呪文に、作者の創作の秘密が隠れているような気がする。すこし立ち聞きしてみよう、なになに、

れもんれもん夜から夜への蛇行

（同前）

（久留島　元）

小西雅子（こにしまさこ）

一九五四年京都市生まれ。二〇〇〇年カルチャースクールにて俳句をはじめる。二〇〇二年俳句グループ「MICOAISA」結成、「船団」入会。句集に『雀食堂』、俳句とエッセー集に『屋根にのぼる』。趣味はテニス。

東京オリンピックの時、家の敷居を平均台に見立てて、チャスラフスカを真似ていた雅子さんは、スポーツ好きである。中断をはさんで約三十年、今も週に何度かテニスに通っている。どの球技もそうであるが、力強いストレートばかりじゃ勝てない。強打と見せかけてフェイントしたり、コーナーぎりぎりを狙ったり……。雅子さんの俳句もテニスのように、実に多彩で読者を楽しませてくれる。

セーターは手洗い男は丸洗い

（『雀食堂』二〇〇九年）

セーターを洗う時のコツは、そっと手で押し洗い、そっと脱水して、形を崩さないようそっと干す。そうだ、女の人の洗顔も泡泡の手で、そっと丁寧にお顔を洗わなくちゃいけないのだ。その点、男の人は楽である。お風呂に入っても、頭からつま先まで石鹸一個で済ませる男もいる。ドライヤーを使わずに一丁上がりになれるのだ。セーターと女の人はいつもそっと手洗いなのだ。

清純派の消火器肉体派のにんじん

（「船団」一〇九号　二〇一六年）

一見反対でしょと思わせてくれる一句。同じ赤い色をしている物体である。消火器はほとんど活躍できる場所もなく、いつも静かに楚々として出番を待っている。もしかしたら一生出番がないのかもしれない。それに対して、にんじんはいつもアクティブ、どこへでも顔を出し色々な料理に参加して大活躍である。まさに身体を張った肉体派である。消火器を清純派、にんじんを肉体派と置き換える感性は雅子さん独特の発見である。テニスのスマッシュだろうか、ボレーだろうか、見事に一点取られてしまった。

夕食後夫婦解散星月夜

（『屋根にのぼる』二〇一七年）

応仁の乱の頃から存在しているという京都の旧家で、外国からのお客様を接待して、日本の文化に触れてもらう仕事をされている。そして、カルチャー教室で俳句の講師を

空也像マーブルチョコを舌に春
月の夜は大陸動く赤子泣く
セーターは手洗い男は丸洗い
ものの芽に囲まれており螺子工場
愛しても愛してもプチトマトたわわ
失恋のクラゲたるもの下向くな
花の夜情状酌量などしない
チャイナドレススリット深く春深く
弁護士と判事の夫婦蚊は一匹
晩夏光雑居ビルから出る手足
ロープ屋の屋上におり冬三日月
夕食後夫婦解散星月夜
水鳥の胸になりたい水飲んで
ピーと鳴くアスパラガスも電柱も
清純派の消火器肉体派のにんじん

SENDAN ―――― RED

されて、週に何度かテニスのラケットを振っておられる。あの雅子さんのシャキシャキ感は、こんな日常からきているのだろう。でも、夕食後は忙しさから解放されて、一人でのんびりと何をしようか。こんな気持ちを表わした一句である。夫婦であっても、個々の人生は大切にする様子が「解散」である。お互いに寄りかかり過ぎない、そういう関係が一番である。ビールを一杯飲んで、星月夜を楽しもう。

晩夏光雑居ビルから出る手足　（同前）

オフィスビルに対して、様々な業種が一つのビルに混在しているのが雑居ビルである。飲食店、金融業、小さな事務所など、昼夜を通して人が出入りする。暑さが残るが少し秋の色を感じさせる光の中を出入りする人の手足、マニキュアの指、煙草をはさんだ指、ハイヒールのふくらはぎ。晩夏のビルは、少し猥雑な息遣いで一日中動いている。「手足」という言葉が「雑居」と不思議に呼応していて、まるでビルから手足が突き出ているようにも思えてくる。

（河野けいこ）

佐藤日和太（さとうひなた）

一九六六年北海道生まれ。二〇〇八年より作句。二〇一四年句集『ひなた』を刊行。趣味はカメラ。森に入って人知れず咲いている植物や茸、昆虫を撮ることが好き。現役高校教師。文芸部顧問。函館在住。

日和太さんは高校の教師だが、夏の終わりには毎年そのような経験をするのだろう。

ミジンコの囁きを聴く春の星

（同前）

ミジンコが何かを囁いているのを聴いている。空には春の星が美しく輝いている。小さなミジンコ、体長は約二ミリで沼や溜池などに棲む甲殻類。小さな生物と宇宙に輝く星とを取り合わせた。「ミジンコの囁き」に詩情がある。うるむような春の星はやさしくて、ミジンコの囁きを受け止めるに相応しい星だ。日和太さんは、少年のような瑞々しい感性の持ち主なのだろう。

頰ずりの仕方練習する朱欒

（同前）

頰ずりの練習をするのに、朱欒を手に取って頰を寄せて

ひょっこりとのぞく廊下の音や春

（『ひなた』二〇一四年）

ひょっこりと廊下を覗いたら音がした。そして、今はまさに春だなあと感じた。廊下の音は明るく弾んでいたのだろう。「ひょっこり」という言葉も軽くて春とよく響きあう。学校の廊下を想像するが、新入生が浮足立ってやって来る廊下の音が耳に残る。

少年の首太くなる夏の果て

（同前）

夏休みが終わり随分と逞しくなった少年。その少年の首が以前よりも太くなった、と具体的に首を示した。少年は夏の間に急に変化する。海や川で泳いだり、クラブ活動で動き回って春の頃とは別人のようだ。首の太さに、力強さとしっかりした精神も感じる。それを見ている作者の眼差しに愛情が感じられる句である。

風の名を一つ覚える成人日
ひょっこりとのぞく廊下の音や春
補助線のはみ出す春の校舎前
ミジンコの囁きを聴く春の星
豆パンの豆粒かぞえ夏休み
少年の首太くなる夏の果て
漂白剤こぼれた午後の鰯雲
縄文に産んだ蜻蛉の卵かな
頰ずりの仕方練習する朱欒
大寒や遺跡のような駅ばかり
居眠りとストーブ並べ江差駅
撫で肩の三葉虫を撫でる秋
ボンネットバスは空っぽ村時雨
紙鉄砲振る腕に抱く冬の虹
谷底にホタル静かなラブホテル

SENDAN ―――― RED

いる。可笑しいけれども微笑ましい。もうすぐ赤ん坊が生まれるから、ちょっと予行演習するために朱欒を手に取ったのだろうか。確かに朱欒は赤ん坊くらいの顔の大きさだ。朱欒の香りまで頰に移り、幸せそうな顔が目に浮かぶ。

居眠りとストーブ並べ江差駅　（同前）

江差は北海道南西部、渡島半島南西岸にある。冬の駅はとても寒いのでストーブは欠かせない。列車を待つ間、居眠りをしている人がいる待合室。居眠りする人とストーブが並んでいる、と表現した。人間とストーブが同じ物体のように捉えたところが面白い。江差駅の外は真っ白な雪景色が広がっていて、時が止まったかのようだ。スキーで冬の北海道を訪れたことがあるが、どこまでも雪景色が続く。
日和太さんは、北海道に住んでいる唯一の船団の会員である。そして、函館の歌人、砂山影二の研究者でもある。この句は、北海道に住んでいる人ならではの実感のこもる句である。

（小枝恵美子）

平(たいら) きみえ

一九四一年兵庫県生まれ。一九二二年から作句。句集に『父の手』。船団伊丹句会世話役。フェルト手芸時々お酒が趣味。伊丹市在住。

弟に籠を持たせて芹薺

（『父の手』二〇一六年）

正月六日の夕暮。遊び盛りの弟をそそのかし草籠を持たせ、明日の七種粥に入れる七草摘みに野に出る。あるわあるわ、芹、ぺんぺん草と呼んでいる薺などが辺りを埋め尽くす。宝塚市の北方に広がる標高が二五〇メートルほどの高地「切畑」が平さんの故郷。この地では今も、七草摘みが毎年楽しめるほど、自然が豊かに残っている。

句会の後の二次会の席。タッパーウェアに詰めて隠し持ってきた逸品を、膝回しで皆にお裾分けするのが平さんの特技。蕗の薹、独活、根曲り竹など、旬の、正真の手作りの味を賞味しながら、二次会は盛り上る。

太陽の塔の爆発桜咲く

（同前）

日本経済が高度成長期を迎え、昭和が沸騰を始めた一九七〇年の大阪万国博覧会。三波春夫の「世界の国からこんにちは」の万博音頭が満開の桜の下を流れた青春時代の興奮が伝わってくる。「芸術は爆発だ！」と叫んだ岡本太郎の太陽の塔は今も千里の丘に立っている。

俳句と酒の街、伊丹に在住。船団伊丹句会を立ち上げ、お世話されている平さん。この地で長く小料理店を切り盛りされてきた。割烹着が様になり、誰からも慕われる女将・俳人である。句集『父の手』の出版祝賀会には、もと伊丹市長や地元の友人、知人をはじめ、俳句仲間が広い会場を埋め尽くした。

父の手の草の匂いと昼寝かな

（同前）

盛夏の午後、北の方角に広がる丹波の山々に雲の峰（入道雲）が遠望できる広い畳の居間。もう寝息を立てている父の側で並んで横になると、草刈りで汗を流した父の手から、夏草の匂いが漂ってくる。昼ごはんと安心に満たされて手と足を伸ばすと、父と同じ桃源郷へと落ちていく。

弟に籠を持たせて芹薺
領収書ばかりの財布梅咲いて
青空の下へ退院梅の花
モーロクがとんがっている春の耳
引越しのへその緒二つ桜月
太陽の塔の爆発桜咲く
ほろほろとほろほろほろと酔うて春
モーロクのロックンロール紫雲英田よ
B型の磯巾着と腕相撲
久々の蛞蝓今日はへへへの日
ひょいと先生野茨の向こうから
父の手の草の匂いと昼寝かな
チェックインして明石の蛸に会う
モーロクのぽんと飛び散る鳳仙花
こすもすへよく晴れてますお父さん

SENDAN ―――――― RED

モーロクのぽんと飛び散る鳳仙花

（同前）

「耄碌」ではない。鈍くなった体や頭の働きをあるがままに受けいれ、「老い」を大いに楽しもうとする清新な感性が、坪内稔典氏のこの新語「モーロク」からは伝わる。

鳳仙花は夏から秋にかけ、細い柄の先に横向きに垂れて花を咲かせる。花の後、熟れた子房に指先が触れると、ポンと音をたて殻が渦巻き状に裂け、黄褐色の種子が弾け散る。子供の頃からよく遊び親しんだ懐かしい花。

モーロクと鳳仙花。この二つが取り合わされたことで、高齢期を迎えた世代の生き様に、オシャレな出来事のように「モーロク」が顔をのぞかせる、きみえ俳句のマジック。

B型の磯巾着と腕相撲

（同前）

春の浅瀬に揺れて夢幻の世界を演じ、毒の触手で貝や小魚を捕食する。一方で、クマノミとのラブラブの共生を楽しむ磯巾着が、なんとB型の血液型だったのだ。B型女性は独断専攻型だと話に聞いているが、磯巾着にも当て嵌りそうで、納得してしまう愉快な句。

（須山つとむ）

坪内稔典（つぼうち ねんてん）

一九四四年愛媛県生まれ。「アラルゲ」「日時計」「日曜日」などの同人誌に拠ってから「船団」に至った。著書に『坪内稔典句集〈全〉』『ヒマ道楽』など。大阪府箕面市に住む。

ねんてん俳句を読む時は、全身をくにゃっとさせて読む。この感じ、抽象絵画を観る時と同じかもしれない。意味を追いかけない。ただ画面を構成している要素を身体ぜんぶに浴びてみたい。さあ、行くぞ。

三月の甘納豆のうふふふふ（『落花落日』一九八四年）

まずリズムが心地よい。三月の、甘納豆の、と畳みかけその「つづき」へと向くこちらの耳に、うふふふふ、という信じられぬ下五が注がれる。どこかに着地する心構えを持っていたのに着地点が無い？　そもそもそんな種類の着地点は不要？　何にせよ相手は、うふふふふ、なのである。冬服を脱ぎ身軽になった心身をどこか持て余す三月とも、春の気温と湿度を帯びたような甘納豆の整然とせず遊びのある粒のかたちとも響き合ったこのふくみ笑いの浮遊感。

春の暮御用〳〵とサロンパス（同前）

ナンセンス時代劇マンガ、と思うと楽しい。御用提灯が集まり悪者を追い詰める大捕物のクライマックス。観念せよと春の夕暮れに妖しく浮かびあがる提灯。と、何と提灯と思っていたのは鎮痛消炎貼り薬サロンパスであった！　掲げられた手のひら大の四角の、ぺろんとした白、白。ならば追い詰められる悪者は、痛みやコリなのか。そう言えばＣＭで薬が体に貼られるシーンは大げさな効力の演出＝何やら切迫して悪を正す？　イメージだ。正義っぽいサロンパスかあ。何だよこんな、たかが「ぺろん」のくせに。

睡蓮へちょっと寄りましょキスしましょ（『ぽぽのあたり』一九九八年）

睡蓮は小さな幻想を含み持っているような花だ。小さく浮いて夏の水面を明るくする。そこには現実離れした異空間がある。一読、恋人を誘うさまと取れるこの句だけれどもう一度読むとそんな限定はつまらなく思える。「睡蓮の醸し出すフィルターのかかった（日常との通信回線のふっつり切れた）世界へのいざない」「睡蓮に触れたい、くち

鬼百合がしんしんとゆく明日の空
家出するちりめんじゃこも春風も
春の風るんるんけんけんあんぽんたん
春の暮御用〳〵とサロンパス
三月の甘納豆のうふふふふ
桜散るあなたも河馬になりなさい
水中の河馬が燃えます牡丹雪
帰るのはそこ晩秋の大きな木
行きさきはあの道端のねこじゃらし
がんばるわなんて言うなよ草の花
愛はなお青くて痛くて桐の花
ドーナツの穴が好きです牡丹雪
睡蓮へちょっと寄りましょキスしましょ
たんぽぽのぽぽのあたりが火事ですよ
白蓮の蕾に触れたなんてバカ！

SENDAN ―――――― RED

びるで」「風が光が虫が睡蓮に近寄りたくなってる様子」どのように広げて考えたっていい。「ましょ」を重ねた言い方はあどけなく「人間でないもの」の無心な呟きを、うっかり聞いてしまった気にさせられる。

たんぽぽのぽぽのあたりが火事ですよ　（同前）

たんぽぽの、と声に出すと、ぽぽという破裂音が圧倒的に面白い。植物の名前に、そんな、ふざけていいんですか。続けて、ぽぽのあたりが、と、ぽ音を合計四回も発音して頭にチアガールの持つポンポンのような弾力性のある立体感が生まれる。文字や音だけを取っても「ぽぽ」に点火や火のゆらぎを感じてしまう。実際のたんぽぽに目をやり「火」の場所を探してみる。明るすぎる色の花、綿毛の球体、地面に爆発的に広がる咲き方、等々。だがとりわけ印象的で「火」を感ずるのは、花を飾るようにくるくるとカールする「めしべ」なのです、私。見るたびに愛らしい。何てカールが上手。花と不可分な部分ゆえ花を含めたそのあたりということで、ぽぽのあたり、と呼ぶ、なんて如何。

（原　ゆき）

鶴濱節子（つるはませつこ）

一九四九年愛知県生まれ熊本県出身。一九九七年から作句。句集に『始祖鳥』。二〇一七年三月まで、船団北摂句会幹事。二〇一〇年より「船団の会」会務委員。趣味は登山、ゴルフ、草花が好き。箕面市在住。

始祖鳥のふるさとまでも夕焼けて

（『始祖鳥』二〇一二年）

鶴濱節子さんの句集のタイトルになった始祖鳥の句である。句集『始祖鳥』を頂いた時、始祖鳥って何？　と、まず『広辞苑』で調べたことを覚えている。始祖鳥は「鳥類最古の祖先と考えられる化石動物。ドイツ南部のジュラ紀後期の石灰岩中から発見された……」とあった。そんな太古の始祖鳥を詠み、句集名にされる鶴濱さんの俳句は、どことなく遥かな時空を感じさせる心地よい句が多い。

この句の始祖鳥のふるさとはとても原始的だ。ジュラ紀の広大な夕焼けが目の前に広がっている感じがする。

帰るのは馬刀貝の穴友いるか

（同前）

この句の帰る場所は馬刀貝のいる海だろうか。きっと、馬刀貝掘りをした心のふるさとなのだ。子どもの頃の大切な思い出が、馬刀貝の穴に集約されている。

鶴濱さんとは俳句仲間で、よくふるさとの話をしたりする。子どもの頃の馬刀貝掘りの様子はとても楽しそう。身振り手振りで本当にうれしそうに話される。その表情は少女の頃のもののような気がして、なんだか素敵なのだ。そして、みんなで馬刀貝掘りに行こう！　となった。潮風に吹かれながら少年、少女に戻り、馬刀貝と真剣になって遊んだのだった。

球春の赤いグローブ膝に置く

（同前）

野球のシーズン到来を告げる球春。選抜高校野球が始まる春まだ浅き頃。赤いグローブを膝に置いているのはグラウンドで練習に励む高校生の一人だろうか。あるいは昔、野球少年だった男子か。膝に置く赤いグローブが印象的。明るい陽春の光の中に様々な情景を思わせる。

牡丹雪微熱がちょっとありますが
球春の赤いグローブ膝に置く
揚雲雀空の青さを踏み外し
帰るのは馬刀貝の穴友いるか
ジューンドロップ駝鳥の卵割れる音
平凡に生きてうっふん枇杷の種
七月の山頂の風君にやる
始祖鳥のふるさとまでも夕焼けて
大都会金魚の孤独まっかっか
銀漢に抱かれて眠る肩の小屋
小春日に理由はいらぬ穴を掘る
数の子をかんでピカソを考える
美しき男の耳と黒葡萄
赤ちゃんが寝返り出来て空澄んで
うっかりと水鳥になりまあいいか

SENDAN ―――――― RED

ちなみに、季語「球春」は二〇〇六年発行の坪内稔典著『季語集』（岩波新書）でいちはやく取り上げられたまだ新しい季語である。

平凡に生きてうっふん枇杷の種　（同前）

うっかりと水鳥になりまあいいか

（「船団」一〇九号　二〇一六年）

この二句の緩やかさ、甘やかさ、そして、その中にある充足感のようなものに惹かれる。まず一句目、「うっふん」がとてもいい。思わず心が弾む。つるんとした枇杷の種と響きあっている感じ。平凡な日々を淡々と心豊かに生きている人を、甘い枇杷とともに想像させる句だ。

二句目、「うん、いいよ」といってしまいそう。うっかりと水鳥になってしまったこの「うっかり」は詩の匂い。非日常へのツールみたい。水鳥の気分になって一人の世界。

鶴濱さんは登山が趣味で山の俳句もたくさん作っておられる。原始的な始祖鳥と山はどこかで繋がっているのかも知れない。颯爽とした行動的な人である。　**（藪ノ内君代）**

波戸辺(はとべ)のばら

一九四八年長崎県生まれ。二〇〇四年から作句。句集に『地図とコンパス』。船団京都句会幹事。山歩きと映画館の暗闇が好き。京都市在住。

やさしさは君の歩幅か大花野

（『地図とコンパス』二〇一五年）

同じ山を共に過ごした仲間との友情に溢れている。「歩幅」に向ける視線が優しい。

のばらさんは「山の会の市毛良枝」を自称する山女だ。チームリーダーとして厳粛に山と向き合い、仲間との連帯感を大切にしている。山の句を沢山詠み、「本名は聞かないで」と茶目っ気たっぷりに笑う。好奇心も旺盛でいつも自然体。風通しもいい。即断即決の人のようだが、「決して無理はしないのよ」という生き方の清さが好きだ。普段のピンクのスニーカーも良く似合う。吟行の時は、さほど大きくもないリュックから手品師のように「カフェ」を取り出して手際よく湯を沸し珈琲を淹れてくれる。寒い時は体の芯まで温もり、疲れも一気に吹き飛ぶ。時には自家菜園の焼芋もミニトマトも出てきてみんな元気になる。

「歩幅」は、山仲間はもちろん、一番身近な家族や周りへの気遣いではあるが、邪魔をしないやさしさだ。

秋の野は草花がやさしい。大人の花で満ちていて美しい。華やかさもあるが冬を予感している淋しさもある。そんな思いも全て包み込んでいる心の広さを大花野に託しているような気がする。

全員が山見て啜る心太

（同前）

「全員が」と、のばらさんは仲間意識を強調している。「が」と詠んだところに意味があるのではないか。

下山後の重いリュックを下ろした仲間の背中には、心地よい疲労感と達成感、そして安堵感が。思いっきり汗をかいた体で心太を啜る。喉を通る冷たさに体もひんやり。全員が、目の前の山を見て美味しそうに啜っているのだ。

心太はたっぷり黒蜜をかけて食べるものと思っていたが、あくまでこれは関西風。そう言えば豆腐屋で「たれはどち

居酒屋の土間に溢れる登山靴
やさしさは君の歩幅か大花野
さみしくて何度も開ける冷蔵庫
雲の峰根拠はないが大丈夫
くたびれたセーター君の形だよ
お通夜の不思議な活気冬の星
ふるさとの野薔薇の棘がまだ抜けぬ
全員が山見て啜る心太
寝袋に月の光ともぐり込む
嘘ついたくちびるで吹く草の絮
ひばりひばり地図見る時は輪になって
紺碧の空はラの音冬が来た
整列す二百十日の乳房たち
ゴミの日で父の忌日で花満ちて
薄氷を割ってふと弟の気配

SENDAN RED

らにしますか」と聞かれる。関東では酢醤油が主流らしいが喉を通る爽快感はどちらも同じだ。心地よい風が火照る体を冷ましてくれる。時折鳥の声が響く。至福の時間を仲間と共有できた喜びや満足感が伝わってくる。
のばらさんが山仲間と「ハイクで俳句」という、ゆるーいことを始めた。これも「全員が」親しむ会らしい。

お通夜の不思議な活気冬の星

（同前）

「不思議な活気」と、お通夜の情景に違和感があるというのだ。その面白味をさばさばと健康的な感性で詠んだ。
家族の死に直面した悲しみと並行して、其処には大勢の人の動きが見える。大人も子供も非日常の事態を驚くほどの団結力で着々と事を運ぶ。これが通夜には不思議な光景に映るというのだ。夫の田舎では、親族が懐かしそうに挨拶を交し合い、隣組のおばさん達は通夜振る舞いの支度で忙しく台所は賑やかだった。慣習の流れが喪失感を和らげてくれるのだ。
冬の夜空は星が賑やかで美しい。

（つじあきこ）

松永みよこ

一九七三年静岡県生まれ。名古屋の専門学校の国語教師。句集に『抱く』。私にとって言葉は「うれしい！楽しい！大好き！」（byドリカム）な相棒。滴るような句を生み出せたら…。三重県桑名市在住。

みよこさんとは、二〇一七年船団の会初夏の集いの際、二人で司会を担当したご縁で親しくなった。急遽結成された芸人コンビ＠中年のわたしがボケると爽やかにキッチリと突っ込みを入れる放送部員で生徒会書記とかやってたっぽい美女がみよこさん。集いのテーマは「俳句の主人公」だった。そこで彼女の句の主人公を探してみよう。

繊細なギターになりし夜長かな

（『抱く』二〇〇七年）

『抱く』という句集のタイトルにまずは驚く。抱く人、抱かれる人。人と人との抱擁に限らず大きな花束が主役にもなる。「繊細なギター」になった詠み手とギタリスト。彼の指は細く長くセクシーで、伸ばした爪はきれいにやすりで磨いてある。このシーンは弾く方より美しい曲線を描く楽器の方にカメラを向けたい。

文字を持たない民族は音楽や語りに想いを込め、時に舞った。ギターの哀調は文字で書く恋文以上に想いを伝える。あの繊細な音色は鑑賞者のこころをつかんで離さない。BGMは永島卓の愛したジプシーキングス。

暗号のごとき息待つ春の雨

（同前）

春の雨になりすましたスパイが息による暗号を解読せんと待ち構えている。スパイは絶世の美女で007のご常連。と、ここまでは妄想。恋人の息を暗号のようだと感じている主人公がいるのだ。静かに音もなく春の雨が降る窓辺で。

昼寝して女をしばし放り出す

（同前）

主人公は畳の上に寝転がっている女。蟬の声がうるさい。無風でけだるい夏休みの午後。大の字になって、あ～行儀悪い、お嫁に行けないわ。いいんだ、もうそんなこと！女なんて放り出したんだから！

かつて日本一の昼寝女優を勝手に選考したことがある。『田園に死す』の八千草薫に決定したのだが、『センチメン

繊細なギターになりし夜長かな
叱られて帰る家なき鳳仙花
シクラメン爪先立ちて光浴び
春泥や我のみ触るる粒子たれ
暗号のごとき息待つ春の雨
青を踏むたどたどしきは生まれつき
膝頭抱いて鎮まぬ青嵐
思い切り飛び込みたくてソーダ水
昼寝して女をしばし放り出す
薔薇の前すべてさしだすかもしれぬ
初雪にわが身の芯をさらしけり
凍蝶の最期の熱を見届けり
素うどんの優柔に触れ冬に入る
息白く経験なんて役立たず
ひと撫での惜別たるるすすきかな

SENDAN ―――――― RED

タルな旅』の荒木陽子も捨てがたい。女と昼寝と俳句。

薔薇の前すべてさしだすかもしれぬ

（同前）

この句も読者をドギマギさせる。小さな薔薇園。むせかえるほどの芳香。その上さらにすべて差し出されたら、もう目の前の恋人を強く抱きしめるしかないではないか。

BGMは中西保志の『最後の雨』。歌詞には雨や傘が何度も出てくるが、壊れるほどに強く抱きあう二人を薔薇越しに撮りたい。サビのところを大きめの音で。

素うどんの優柔に触れ冬に入る

（「船団」一〇八号　二〇一六年）

日本一優柔な素うどんは伊勢うどんである。今、決めた。伊勢うどんも讃岐うどんも、うどんは優しく柔らかい。

蕎麦屋のように客に忍従を強いることをせず、湯気とだしの匂いだけで客の感情を受けとめるうどん屋。一年中いつ食べてもうまいのがうどんの懐の広さだが、この句にあやかり、冬に入る日はうどん屋に行くべし。素うどん喰らうべし。

（みさきたまゑ）

三池（みいけ）泉（いずみ）

一九三五年東京都生まれ。「暖流」新人賞・太田義治賞。「俳句研究」五十句競作三席。句集に『はいく』『HITORI』『戀人』など。趣味は観劇・スポーツ観戦・園芸・エッセイ・編物など。銀座が大好き。

この人はもっと話題になればいいのに、と思っている俳人が何人かいる。その一人が三池泉だ。

泉の俳句の何がいいのか。演技の大胆な通俗性である。

春の丘転がりながらキスをする

（『HITORI』一九九六年）

うん、私もしてみたかったなあ、と思う。そのような光景だ。過去形で願望を述べたのは、今や転がりながらキスすればそのままあの世行きだから。あっ、あの世行きもいいかもしれない。でも、相手になってくれる人がいないだろうなあ。なにしろ、泉の句のかっこうのよい光景とはちがって、ぶざまな転落死（転落心中？）だから。

この句を作ったとき、作者は六十歳に近かったはず。作者にしても「転がりながらキスをする」は現実的ではなかっただろう。それは想像の光景だったに違いない。強いていえば、演劇的な想像の場面だ。若い日の作者は美大でデザインを学び、劇団民芸の研究所で演劇を習った。演劇的な想像は、いわば得意ちゅうの得意なのだ。

花吹雪わが肉体がぼんやりする

これも句集『HITORI』にある作だが、肉体が花吹雪の中でぼんやりする、それも演劇的な想像空間だろう。それにしても、俳句としてはかなり大胆な発想である。花吹雪のなかでゆっくりと肉体が動いており、その肉体がなんともなまめかしい。先の「転がりながらキスをする」もキスがなんとも肉体的なのだ。この作者は肉体の表現の仕方がとても大胆なのである。

啓蟄やブラジャー買いに銀座まで

（『戀人』二〇〇三年）

この句からも肉体（乳房）がありありと見える。

それにしても、「ブラジャー買いに銀座まで」が大胆。わざわざ銀座へブラジャーを買いに行くのは、もちろん、その日が啓蟄だから。虫が地上に出てくるように、家を出て銀座へブラジャーを買いにゆく、というのだ。銀座へ行

早春やあなたを好きなわけ百個
蜃気楼ああ蝋燭が青ざめる
だからこだわる君が代と枝豆と
やわらかきからだとなりぬ水中花
春は曙勝つために歯を磨く
春の丘転がりながらキスをする
久女の忌ダイエットしてもHITORI
戀人はアネモネに似て喘ぐかな
麻薬のような男を愛す半夏生
革命も戀も逃水トスカの死
江戸っ子は江戸っ子を連れ初稽古
青岬E・プレスリーとはおないどし
お正月淋しいかいさびしいよ
みちゆきに降る大きめの紙の雪
啓蟄やブラジャー買いに銀座まで

SENDAN ―― RED

くのだから、カバンと香水とか洋菓子とかのいかにも銀座らしいものが思い浮かんでもいいだろうが、そうじゃなく、ブラジャーであるところが泉らしい。意表を突いて大胆、舞台上で映えるではないか。今ふうにいえばインスタ映えする。

この映える光景は、大胆に通俗的であることが必須だ。見栄とか歯の浮くようなセリフ、それらの通俗性が観衆を魅了する。それは俳句という五七五の言葉の小劇場でも同じことなのだ。

みちゆきに降る大きめの紙の雪

（同前）

この道行きは恋の道行きだろうか。それともあの世への旅立ちか。いずれにしても道行きには雪が舞って欲しいのだ。だが、その雪が紙の雪であるところに、醒めた目というか、現実をちゃんと見るまなざしがある。所詮紙の雪が舞うに過ぎない、と自覚したとき、演技はいっそう大胆に大きくなる。「大きめの紙の雪」が派手に舞うのだ。

（坪内稔典）

室（むろ）　展子（のりこ）

一九四二年京都市生まれ。一九七八年、松山市移転。一九九七年「櫟」同人、俳人協会会員。二〇一三年　京都市へ移転。「船団」入会。旅とスケッチ、水彩画が趣味。京都市在住。

入学児母の膝より押し出され

（『黄八丈』二〇〇八年）

室さんとは小学校六年間の同級生。低学年のころ彼女はなるべく目立たないように心がけているような内気な子だった。高学年になるとおおらかで明るい性格に加え、絵が上手く勉強がよくできたので、自ずとクラスの中心的存在になった。この句はそんな彼女の自画像である。

悴け猫名前なければ振り向かず

（同前）

ふてぶてしい面構えの野良。路地裏で毛を逆立てて膨らみ寒さに耐えている。薄目をあけて辺りを窺い、敵が来たらのそりと逃げ、ここまで生き延びてきた。適当に名前を呼んでも無視を決め込んでいる。それでもこれ程太っているところをみると、人間から餌をもらっているのだ。この句、この猫の年齢、性別（多分雄）、大きさ、生涯などが見えてくる。

水仙やミイラを包む麻の布

（『三光鳥』二〇一五年）

麻の布に包まれたミイラは紀元前二〇〇〇年以前の世界へと私を誘う。ピラミッドに納められた棺の中のミイラは若くして亡くなった王。その華麗にしてドラマティックな生涯に思いを馳せる。季語の水仙がよく効いていると思う。

夕立来て豚もひよこも帰りけり

（同前）

室さんは二〇〇九年から二〇一一年まで、南太平洋の島サモアに滞在された。ＪＡＩＣＡのシニアボランティアとして派遣されたご主人に付いて行かれたのだ。サモアの首都・アピアで過ごされた二年間の見聞録（『すてきなサモア便り八八話』二〇一三年　北斗出版）をご夫婦共著で上

原色を着て村人の棉を摘む
新小豆耳に流るる英会話
牛押して機嫌うかがふ賀茂祭り
父が切り西瓜きれいな三角に
宵山の人の流れに逆らはず
入学児母の膝より押し出され
椎の実を拾ひに戻る乾門
シドニーの地図は逆さまブラシの木
悴け猫名前なければ振り向かず
水仙やミイラを包む麻の布
夕立来て豚もひよこも帰りけり
かはほりや姉妹揃へばぶら下がる
神々をひとつ袋に札納め
寒卵いのちのもとは柔らかき
システムのかすかな軋み星流る

SENDAN —— RED

梓されている。豚とひよこが夕立が来てあわてて家に帰る景色はユーモラスで楽しい。サモアでは家畜は放し飼いされていて、豚やひよこは可愛いが、犬は真剣に怖かったとか。

かはほりや姉妹揃へばぶら下がる　（同前）

「姉妹揃へばぶら下がる」とは？　ぶら下がっているのは蝙蝠の姉妹なのだろうか。因みに、彼女には三つ違いの妹がいて、子供の頃は私も一緒に遊んだ。今、彼女ら姉妹は堂々たるご婦人で、母であり、妻であるが、今でも二人揃えば、子供のように楽しくはしゃいでぶら下がるのだろうか。

室さんは愛媛の俳句結社「櫟」で俳句を始め、今も同人として活躍している。「船団」の俳句に戸惑いながら伝統俳句とは異なる俳句を模索している。彼女の俳句は絵画的だが、掲出十五句の内、この句だけ抽象画なのだ。これから室さんの抽象画的俳句をもっと見てみたい。

（西村亜紀子）

山岡和子（やまおかかずこ）

一九四二年滋賀県生まれ。一九八二年「かつらぎ」入会。一九九三年から二〇一二年まで「かつらぎ」年度賞受賞。句集に『思羽』。二〇〇七年「船団」入会。船団千里中央句会幹事。趣味はバードウォッチング。豊中市在住。

秋天はわたしのノート詩を書かむ

（『思羽』一九九四年）

雲ひとつなく底抜けに青い秋の空、それがわたしのノートだと和子さんはいう。和子さんの生家は近江の老舗の呉服屋さんだったと聞く。先日の千里中央句会では、〈鬼やんま帳場に座る父の顔〉という句が人気句だった。もちろん私も頂いた。厳粛なお父様がこの句から想像できる。ご両親の愛情をたっぷり受けて育った和子さんは、句柄もおおらかで「秋天はわたしのノート」なんて表現も彼女そのものだ。お嬢さんがそのまま素敵な女性となり母となり、そして優しいおばさまになった。そんな感じがどこまでもする。身なりからも言葉使いからもそれが窺える。

そんな和子さんは秋の空にどんな詩を書こうとしているのだろう。この句、阿波野青畝選の『四季選集』に選ばれたそうだ。

星と星結んで吊るすハンモック

（「船団」一〇七号　二〇一五年）

夏の夜空の星にハンモックを吊るし、その下を天の川が流れている。なんてメルヘンな世界だろう。いや作者はハンモックに揺れながら星を見上げているのだろうか。この句も和子さんらしい句だと思う。

七月の夜ならば、東を向いて見上げたところにあるいちばん明るい星が「こと座」のベガ。ベガから右下の方向にある「わし座」のアルタイル。ベガから左下の方向の「はくちょう座」のデネブ。この三つの星を結んだ三角形を「夏の大三角」という。八月や九月の夜なら、ベガが頭の真上に見えてくる。ちなみに織姫星はベガ、彦星はアルタイル、その間に見えるのが天の川である。明るい星ばかりで見つけやすそうなので、私も夏の大三角を探してみよう。

秋天はわたしのノート詩を書かむ
蟻早し一メートルは見てゐる間
天窓に早春の空利酒す
岬鼻へ野菊になりにいくところ
青い透き間がいっぱいだった晩秋
落葉落葉トランペットはあいつだろう
桜まで行こう桜に聞けばいい
ひとり旅蟻と話をちょっとして
おでん煮るモーツァルトとあぐらして
男くる螢を肩にのせてくる
黄金虫死んだふりわたし生きたふり
星と星結んで吊るすハンモック
君といる時間が好きだ鳥渡る
焼き芋のような人だが好きなんだ
友情は膝の上だよ蟻たちよ

SENDAN —— RED

君といる時間が好きだ鳥渡る

（「船団」一〇八号　二〇一六年）

「君といる時間」という「君」とは誰なのか気になるなぁ。ご主人？　それとも恋人？　いいえ、もしかして愛犬かも。いずれにしてもいい感じの「君」なのでうらやましいなぁ。そんな素敵な「君」と出窓のある部屋で過ごしている。いつの間にか窓辺は茜色に染まり、遠くに目を向けると鳥が飛んでいるのが見えた。雁だろうか…。「君」が愛犬でないのなら、和子さんの足元には愛犬が静かに寝そべっているのも想像する。

趣味はバードウォッチングらしいので、部屋ではなくて琵琶湖に出向いて水辺の鳥を見ているのかもしれない。楽しい時間を共有できる「君」と趣味のバードウォッチングに興じることができるなんて最高だ。

渡り鳥には、夏鳥、冬鳥、旅鳥があり、夏鳥は日本で夏を過ごして繁殖活動を行う。冬鳥は日本で冬を過ごす。旅鳥は、夏シベリアなどで繁殖して南方で越冬するため日本を通過する鳥である。このように春と秋とに栖を変える鳥を渡り鳥という。

（土谷　倫）

青

SENDAN BLUE

◉エッセイ「とこしえの青」………… 村上栄子

内田美紗

小倉喜郎

くぼえみ

久留島　元

コダマキョウコ

塩見恵介

中井保江

西村亜紀子

火箱ひろ

藤田亜未

藤野雅彦

松永典子

水上博子

山中正己

山本直一

渡部ひとみ

とこしえの青

村上栄子

青に惹かれている。なぜだろう。先ず、その言葉に注目してみたい。瓶覗（かめのぞき）・浅葱（あさぎ）・深川鼠（ふかがわねずみ）・納戸（なんど）・千草（ちぐさ）・瑠璃（るり）・群青（ぐんじょう）・紫苑（しおん）等青を表わす言葉と色目が、今年の中学校の教科書に載っていた。同じ青色にも微妙な違いを感じとる日本人ならではのその感性。色の美しさのみならず、その言葉の美しさに惚れ惚れとする。

そういえば、日本には藍四十八色という言葉があるほどその藍色は色相が豊かだ。明治初期に日本を訪れた外国人は、町にあふれる藍の色彩に驚いた。最初にジャパンブルーという言葉を使ったのは、イギリス人科学者ロバート・アトキンソン。

『怪談』などの著書で知られるラフカディオ・ハーン（小泉八雲）もジャパンブルーに魅惑された一人だ。「東洋の第一日目」という文章で、日本で見た風景を「見渡す限り無数の幟がひるがえり、濃紺ののれんが揺れている」「まるでなにもかも、ちいさな妖精の国のようだ」と表現している。彼らにとって、初めて見る日本は、神秘のブルーに満ちた国だったのだ。

ところで、パワースポット京都貴船神社からの生中継「スーパープレミアム二〇一七『京都異界中継』」というテレビ番組があった。

「ようこそ、あなたの知らないもう一つの京都へ」と、百物語が一話ずつ語られ、鬼や妖怪が跋扈する闇の京都へと案内される。出演者の皆さんはそれぞれ青っぽい着物をお召しになっていた。そこで、アナウンサーの竹内陶子さんが一言。「青という色はあの世のものを召喚、集めやすい色、つまり精霊が一番降りやすい色なんです」と。もう、妙に納得する。精霊も好む青。

他に青のつく言葉を挙げてみると、青の時代、青の洞窟、東北の青池。フェルメール・ブルー、北斎ブルー。結婚式では、花嫁が身に着付けると幸せになるというサムシングブルー……もう、どんどん青の深みにはまってゆく感じ。

この世ではないもう一つの世界へ入るように青に惹かれている。

最後に、青に関するとっておきの詩の一節と俳句を一句。

どんなに深く憧れ、どんなに強く求めても、青を手にすることはできない。すくえば海は淡く濁った塩水に変り、近づけば空はどこまでも透き通る。人魂もまた青く燃え上るのではなかったか。青は遠い色。

漠としてかすむ遠景へと歩み入り、形見として持ち帰ることのできるのは、おそらく一茎のわすれなぐさだけ、だがそれをみつめて人は、忘れてはならぬものさえ忘れ果てる。おのがからだのうちにひそむ、とこしえの青ゆえに。

（「色の息遣い」谷川俊太郎『手紙』）

愛はなお青くて痛くて桐の花　　坪内稔典

内田美紗（うちだみさ）

一九三六年兵庫県生まれ。一九八七年作句開始。「船団」創刊号より参加。一九九四年から約十年編集スタッフ。句集に『浦島草』『誕生日』『魚眼石』など。園田学園女子大学・生涯学習俳句講座担当。堺市在住。

内田美紗さんは、若い頃も美人であった。何かの俳句雑誌で写真を見たことがある。俗に言うブロマイド的なもの。書棚でそれを探すのだが、見つからないので先に進もう。

フラスコのかたちに在りぬ春の水

（『浦島草』一九九三年）

無機質なものと無機質なものの取り合わせであるが、何故かそれぞれに「生」があるかのようだ。「かたちに在りぬ」がそうさせるのか。フラスコが水を自分のかたちにしたのか、水がフラスコのかたちになってあげたのか。さらに、春の水である。フラスコは、ガラスであり冷たく硬い。その中に少し温かでゆるやかな春の水が入ったのである。フラスコと春の水、互いがその関係を楽しんでいるように感じる。

風船の内の空気と外の風

（『魚眼石』二〇〇四年）

無機質な空気と無機質な風の取り合わせ。この場合に感じるのは、その静と動、緊張と弛緩だろう。風船の膜一枚による「内と外」の表現でこの関係が表されている。同じ大気でありながら、風船の内に入れられ動きが静となった空気。一方、自由に風となって動きまわる大気。しかし、風船が膨らんでいるためには、空気が風船の中で膜を押し続けないといけない緊張。何にも縛られることのない緩やかな風。本来は同じものであるのに。しかし、それであるからこそ、風船は飛んでいる。

以上の二句、無機質なものそれぞれを人として捉えて鑑賞すると面白い。人間関係が客観的に詠まれているようにも思える。

秋の暮通天閣に跨がれて

（同前）

通天閣本通商店街をぶらぶら歩きながら通天閣まで行くと、まさに跨がれている。あれは秋だっただろうか。十年程前、美紗さんと私と他男三人で通天閣界隈のミニ吟行を

フラスコのかたちに在りぬ春の水
パラソルをさして卜書きのやうに行く
秋晴や父母なきことにおどろきぬ
十二月友にふとん屋こんにゃく屋
はじまりは仮病なりけり春の風邪
誕生日わが名二音のすずしかり
風船の内の空気と外の風
海の日のバケツに汲んで海の水
秋の暮通天閣に跨がれて
ミックジャガーの小さなおしり竜の玉
待たれゐる死やかすかなるバナナの香
三島忌や一斉に差すジャンプ傘
昼寝覚この世の水をラッパ飲み
自転車に乗れないけれど天高し
この人と逢ふときいつも瑠璃蜥蜴

SENDAN BLUE

した。通天閣のテッペンに上り、ビリケンさんの足の裏を掻いてあげた。昼は「二度付け禁止」の串カツで一杯やり、ジャンジャン横丁も散策した。

あまりよく覚えていないが、夕食は、着物姿でカラオケに興じる一団を横目にしながら、料理店へと行った。誰が予約してくれたかも忘れたが、この料理店は大正時代初期に遊郭として建築された建物を当時のまま利用し、襖絵や飾りや廊下の緋もうせんなども当時を伝えている店であった。通された小部屋での食事を終え店から出ると、外の様子は一変していた。青、紫、黄、赤など様々な光が輝いていた。「キョロキョロせずについておいで、帰るよ！」と、美紗さんの言葉。よそ見をせず、ただただ後ろをついて行った。この時、美紗さんは男前であると思った。

さて、美紗さんと私は、私が船団の会に入る前から接点があった。私が勤務した職場に、息子さんのお嫁さんが勤めていたのだ。彼女は私と同じ年で、よく知ってはいたが、まさか姑さんがこの人とは…。船団の会に入って初めて知った。その優しいと思われる姑さんは、この職場に発足した句会に、今なお参加してくださっている。（岡　清秀）

小倉喜郎（おぐらよしろう）

一九六五年生まれ。一九九七年から作句。句集に『急がねば』『あおだもの木』。宝塚句会に参加。英語、俳句、陶芸、野菜作り、と順調に没頭し、現在野菜の無農薬・無肥料栽培に熱中。篠山市在住。

作者の小倉さんは飄々とした人物だ。いつ会っても、ポーカーフェイスであまり笑わない。しかし、それは単なる照れ隠しなのだと私は思う。

アロハシャツ着てテレビ捨てにゆく

（『急がねば』二〇〇四年）

筍をお父さんと呼んでみる

（『あおだもの木』二〇一二年）

これらは一見すると、ふつうの文である。目的語や補語もちゃんと備わっていて、本来の語順どおりに配列された日本語の動詞述語文だ。

でも、句の中の人物の行為はどことなく変わっている。アロハシャツを着てテレビを捨てに行くなんて、ちょっと危ないおじさんだ。車で運んだテレビを、何食わぬ顔で山の奥へ不法投棄しに行くようにも見える。また、筍に向かって「お父さん」と呼びかける男。大丈夫か、このおじさん。彼の句には、こんなシュールな行動をする人が登場する。

ところで、小倉さんの行動力には驚くべきものがある。二〇一六年の秋に開催されたアートと俳句のコラボ展も、小倉さんなしには成立しなかった。彼の出身地、兵庫県篠山市の廃校になった小学校の木造校舎で、美術家と俳人たちが集結した。トイレ俳句、美術家との即興俳句、ハイクマン。そこでの小倉さんのパフォーマンスは、とても印象的だった。トイレ俳句は、彼の俳句を書いた短冊がトイレの壁、ドア、天井などあちこちにベタベタと貼られていた。そのアナーキーな光景に、まず度肝を抜かれた。

笑わないで産卵の途中ですから

（「船団」一〇五号　二〇一五年）

この句も、トイレに貼られた一枚だったと記憶する。そのシュールさは群を抜いている。一見、ただの会話文。でも、ちょっと待って。「産卵の途中」って、まるでウミガメみたいじゃないですか。「笑わないで」と言われたら、

空梅雨や向き合っているパイプ椅子
階段にキャッチャーミット鳥渡る
立春の箱から耳を取り出して
マネキンに落書き急がねば急がねば
アロハシャツ着てテレビ捨てにゆく
ひとりずつスプーンとなってゆく二月
ホットレモン階段続く箱の中
蚊を叩くあおだもの木が揺れている
うっかりと薄氷を割るウルトラマン
筍をお父さんと呼んでみる
ぶつかって蝶が生まれる土俵かな
山積みのランドセルよりアスパラガス
椅子持って紋白蝶についてゆく
深海にゆっくり届く簞笥かな
笑わないで産卵の途中ですから

SENDAN ―――― BLUE

ますます笑えてくるというもの。いったい誰が産卵するって？　アロハシャツを着たあの変なおじさん？　まさか、いやだ、もう！

こんなハチャメチャな句のある一方で、伝統的な切れ字「かな」を用いた抒情性のにおう句もある。

ぶつかって蝶が生まれる土俵かな
深海にゆっくり届く簞笥かな

（『あおだもの木』）

映像美の漂うシュールな世界である。力士たちが土俵でどすんとぶつかったら、そこに生まれたのは、ひらひらと舞う一匹の蝶。力士のたましいが一瞬にして結晶化したような夢幻世界だ。重量と超軽量の対比もおもしろい。

深海に沈んでゆく簞笥。昔、映画「ピアノレッスン」で、船から海の中へゆっくりピアノが沈んでゆく映像を見た。哀しいのに美しい光景。ふとそれが頭に浮かんだ。

彼の俳句はいつもシュールである。表現されたアナーキーな行為がどこか可笑しく、異質なモノとの取り合わせが、ときにはっとするような映像美を見せる。

（川上恭子）

くぼえみ

一九四七年京都府生まれ。句集に『猫じゃらし』。趣味はロングステイの旅行、散歩。特技は各種ジャム作り、コットンのウェース造り。

ねばならぬ青年の来る三月よ

（『猫じゃらし』二〇一〇年）

「こうせねばならぬ」、「ああせねばならぬ」、と思い込みの強い青年がやって来る、三月に。作者はちょっと溜息まじりにその青年を受け入れるのだろうか。これから仕事を指導する上司の気持ちかもしれない。しかし、「三月」という明るい季節が気持ちを明るくしてくれる。希望を持ちながら、青年と共に過ごすのであろう。

かつて、えみさんが「仕事の中では怒りの体系が一貫している人しか信じないことにしている」と言われたことを思い出した。この青年は頼りになる人間になるはずと確信しているのかもしれない。

プラトンと呼ばれてハイと裸の木

（同前）

ルネサンスの画家ラファエロに「アテナイの学堂」という絵がある。その絵には古代ギリシャの思想家の群像の中心に、天を指さすプラトンと地へ手をかざすアリストテレスが描かれている。プラトンが天を指さしているのは、地上の感覚的世界を離れて、純粋なイデアの世界を志向する哲学を展開したからだという。イデアは理性によって思惟されるもの。そんなギリシャの哲学者プラトンの名前を呼ばれ、「ハイ」と答えたのだ。傍には何の飾り気もない裸の木が立っている。

今から二十五年ほど前、NHK文化センター「坪内稔典俳句講座」でのこと。えみさんは「女プラトン」というあだ名を稔典さんにつけてもらった。その理由は、彼女はなかなかの理屈派であるからだという。その頃のえみさんは、バリバリと仕事をこなし、俳句についても納得するまで議論をする人だった。プラトンと呼ばれて、素直に「ハイ」と答える姿は気持ちがいいものだと思う。

ようく生きておもち段々おいしくて
立春の桜に触れて教室へ
ふむふむとあいづちほつほつ梅の花
木蓮の咲くまでの空母の空
ねばならぬ青年の来る三月よ
ほうれん草自分を好きになる薬
桜咲く間違い探しに来たような
藤の昼アイデンティティとミルクティ
六十の目の前の山夏の山
まっすぐな青田道よりテークオフ
ヘナヘナのポコポコとなる大夕焼
秋暑し同じ根っこは飛び越える
あっちむいてほーいほいほい猫じゃらし
プラトンのイデア三角とろろ汁
プラトンと呼ばれてハイと裸の木

SENDAN ―――― BLUE

藤の昼アイデンティティとミルクティ

（同前）

藤の花が咲いている昼に、アイデンティティ、つまり一人の人間の個性とは独自性を持ったほかならぬ我である、などと哲学的思考をしながら、ゆったりとミルクティを飲んでいる。アイデンティティとミルクティは相互作用があるだろう。昼休みに仲間と過ごすのもいいが、一人で思考しながらお茶を味わうのも落ち着く。

あっちむいてほーいほいほい猫じゃらし

（同前）

「あっちむいてほい」と右に指させば、顔は左に向けるという子どもの遊びがある。子どもは躍起になって楽しむ。その遊びを連想させるが、「ほーい」と伸ばしているのは、もう子どもの遊びを通り越して、自由に風と戯れ、猫じゃらしと一体化した感がある。理屈や理論から、精神が解き放たれた気持ちの良さが伝わってくる。散歩が好きなえみさんの穏やかな顔が目に見えるようだ。

（小枝恵美子）

久留島（くるしま）　元（はじめ）

一九八五年生まれ。甲南高校在学中、俳句甲子園に出場。塩見恵介に師事。現代俳句協会会員。同志社大学ほか非常勤講師。第七回鬼貫青春俳句大賞受賞。共著『関西俳句なう』『坪内稔典百句』『怪異学入門』など。

天の川すべて狸が化けたもの

（「船団」九九号　二〇一三年）

この世のものがことごとく幻なのではないか、と思わされる俳句。その一方で、銀河系の片隅に住むタヌキ君が宇宙を眺めている、と漫画チックな画面も思い浮べた。久留島さんは三十二歳。ＳＮＳを自在に楽しむ現代の若者であり、そういった感性がこの句のベースにあるのだろう。同時に彼は日本の中世文学、特に妖怪や天狗に詳しい研究者でもある。若い感性といにしえなる中世研究。一見相反する世界が久留島さんの頭の中に存在するとしたら、天の川と狸というなじまない言葉も、彼の頭の中では自然と繋がっているに違いない。

きつね来て久遠と啼いて夏の夕

（『関西俳句なう』二〇一五年）

中世文学、特に妖怪と天狗に詳しい久留島さんは、狐についても詳しいらしい。狐と言えば、「コン」と啼くのであろうが、久留島さんには「くおん」と聞こえる。中世では「くをん」であり、数百年前の日本の中世が、彼にとってのもう一つの日常なのだろう。狐の啼き声以外は、何か田舎の風物詩の様であるが、「久遠」という啼き声によって、私たちは中世の『方丈記』や『徒然草』の世界に引き戻されたような気分になる。

地球からモグラ出ていく春の月

（同前）

坪内稔典氏が、「すごい光景だ。空に昇るモグラはどの星を目指すのだろう」と評している。私には、「地球から」と大きく構えているものの、久留島さんの繊細さも伝わる句だと見えた。モグラが掘り進んだ跡に出来た空洞。そこに月光が降り注いでいる。掻きとられた土も春月の光も柔らかいところがいい。地球と月の間の関係を取り持つようなモグラを久留島さんは好きなのだろう。

ここまで三句、狸ときつねとモグラである。動物の趣味

メモ帳に打ち込む俳句無季不無季
天の川すべて狸が化けたもの
ライターに見える如月ポケットに
このバスは八月までに着きますか
大いなる才能の無駄芒折る
校正はココアのあとでいいですか
きつね来て久遠と啼いて夏の夕
龍天に昇り枕投げてよこす
生年と同じ十円玉小春
地球からモグラ出ていく春の月
鳥の巣に鳥がいるとは限らない
手品師は最後は葱の中に消え
菜の花を打ち出すミサイル発射台
早春の空に浮かんでいる天狗
青嵐神社のなかにカンガルー

SENDAN —— BLUE

が少し人と変わっていて、さすが「妖怪俳句」の第一人者である。

早春の空に浮かんでいる天狗

（「船団」一〇九号　二〇一六年）

天狗の存在する神秘的な青空を想う。久留島さんの論文に「天狗説話の展開―『愛宕』と『是害房』」の中で、天狗像は反仏法的な存在から、幅広い天狗像を持つようになった、という事を分析している。私には少し難しいが、悪い天狗だけではなく、「中世後期の修験道では天狗そのものを信仰するようになった」とあることから、良い天狗もいるようだ。早春の空に浮かぶとなれば、「良い天狗」の方であろう。

このように、妖怪や天狗を俳句の世界に取り込みつつも、

猫の恋続きはwebで見られます

亀鳴いてWikipediaにもない言葉

といった一面を持っていることも注視したい。私には、野暮なことが嫌いな、眩しき現代っ子に見える。

（藤井なお子）

コダマキョウコ

一九四八年兵庫県生まれ。「船団」、「MI—COA—ISA」所属。現代俳句協会会員。句集に『CAM　ON』。趣味はエレクトーン、七宝、ベトナム語、散歩。京都市在住。

さくらさくらブエノスアイレスまでさくら

（『CAM　ON』二〇一六年）

何処を見ても桜、さくらが満開である。ずーっとずっとブエノスアイレスまでさくらと断定した。桜を眺めていると果てしなく花が続いている錯覚に陥ることに共感する。しかし「ブエノスアイレスまで」というキョウコさんの発想には驚かされる。その具体的な地名が読者をその地まで誘ってくれる。「さくら」を三度も使っているが、それが弾むようなリズムとなり効果的である。

春満月すこしわたしに飽きたころ

（同前）

春の満月は水を含んだようにぼわっとしている。その月の下で、少し自分自身に飽きたと感じた。その気分は春の月と響きあう。「そうね、また何か違う私になりたいわ」と、心の中で呟いているのかもしれない。

ツィゴイネルワイゼン指先より銀河

（同前）

サラサーテの代表作であるヴァイオリン協奏曲。今、ヴァイオリン奏者が弾いているのを聴いているのだろうか。ヴァイオリニストの指先より銀河が広がる、またはそれを聴いている作者自身の指先より銀河へと。ジプシーの旋律で情熱を込めて奏でるツィゴイネルワイゼンが銀河と一体となる。キョウコさんは、エレクトーンが趣味で、音楽をこよなく愛する人でもある。句集の中にも音楽に纏わる句が多数ある。

春風も私もやわらかな雑貨

（同前）

春風がやさしく頬を撫でると、すぐに春風と同化し、春風も私もやわらかな雑貨であると断定した。意表を突く表現だと思う。「雑貨」とは、どんな物を指すのかは読者の

サフランライスふわっと春に接岸す
さくらさくらブエノスアイレスまでさくら
春満月すこしわたしに飽きたころ
枇杷である翼喪失して以来
月も来てキッチンという駅にいる
インストールされゆく途中蛍烏賊
春風も私もやわらかな雑貨
バタフライして海の日の海の音
近況はコスモスときどきアルマジロ
十月の岬になったのはオルガン
10号の裸婦に10号の月光
ツィゴイネルワイゼン指先より銀河
ふくろうよきみも偏西風なのか
白鳥になるまで試着することも
ぶらんこを漕いで世界史は未完成

SENDAN ―― BLUE

想像に任せられている。例えば、ふかふかのクッションのような物かも。キョウコさんは、何かにすぐに変身できる自在な感性の持ち主だ。

ふくろうよきみも偏西風なのか　（同前）

ふくろうよ、とふくろうに問いかけている、「きみも偏西風なのか?」と。「私もそうなんだよ」と答えた。偏西風は、中緯度高圧帯から極へ向かって吹く風が地球自転による転向力のために東に向きを変えて生じたもの。ふくろうの首の動きから連想したのだろうか。いずれにしても斬新な表現に驚かされる。

「春風」や「偏西風」にすぐ同化できる作者は、音に敏感であり、何事にも捉われない精神の自由さがある。キョウコさんはベトナムが大好きで、句集名もベトナム語である。地球のあちこちを行き来する風のように、自在に表現できる人なのだろう。

（小枝恵美子）

塩見恵介（しおみけいすけ）

一九七一年大阪府生まれ。一九九〇年「船団」入会。句集に『虹の種』『泉こぽ』、『関西俳句なう』責任編集。ほかに『お手本は奥の細道　はじめて作る俳句教室』など。俳句甲子園優勝監督。将棋アマ四段。

『虹の種』には塩見さんが十九歳から二十八歳までに作った俳句が収められている。私は今二十四歳なので、『虹の種』時代を生きている。

キャンディを谷に落とせば虹の種　（『虹の種』二〇〇〇年）

とてもファンタジーな雰囲気で、発想としては明るい。なのにどこか悲しい。その要因は、このキャンディが実際に虹を出すには至っていないところにある。キャンディはまだ掌の中。もしくは谷に落ちた後。このキャンディは虹を出せないと知りながら、少年は明るく振る舞っているのではないだろうか。その幻想に優しく頷いてあげることが、この句の鑑賞になる。

うつぶせの君はオカリナ草いきれ　（同前）

寝息をたてる君をオカリナに喩えたところが抜群に愛おしい恋句。手に収まる楽器に喩えることで、この君に対する淡い支配欲やささやかな幸せを大事にしたいという気持ちが滲み出ていて、私の大好きな句のひとつだ。

『虹の種』から七年後に『泉こぽ』、さらにそこから八年後に『関西俳句なう』が刊行される。

ペンギンと空を見ていたクリスマス　（『泉こぽ』二〇〇七年）

何故ペンギンが近くにいるのかと思ったら、クリスマスの水族館デート。しかしこの男、集中できていない。完全に上の空だ。

作者は、いつまでも書生である。「最近おもしろかった本は何ですか」と聞いても聞かなくても多くの本を紹介して下さるし、勉強家である。読み、考えることが好きなのだろうと思う。きっとご自身で哲学を構築なさっていて、この句も作者が哲学している姿なのかもしれない。

椎茸を炙っただけの夫婦かな　（『関西俳句なう』二〇一五年）

春雷を前髪で受けとめている
うつぶせの君はオカリナ草いきれ
キャンディを谷に落とせば虹の種
炎昼や少しジュラ紀の匂う窓
さよならの接吻（キス）肩越しの天の川
発明の形に朝を抱いて露
死んだふりして冬空の愛し方
ペンギンと空を見ていたクリスマス
球春や青春いつも雲ひとつ
次の空次の空へと夏つばめ
寝転んで虹はひとりにひとつずつ
ひんやりと百済観音バナナめく
柿を見て柿の話を父と祖父
椎茸を炙っただけの夫婦かな
しめじがぽっどんどんふえるスケジュール

SENDAN BLUE

椎茸はとても生活になじんだ食材で、香りも良くて食べごたえがある。椎茸のように何気ない存在になれたということはとても幸せな夫婦像であり、ふたりの雰囲気の良さも漂っている句である。作者の奥様には「オカリナに喩えられていた時期があったのに……」とは嘆かないで、椎茸の可愛らしさに喜んで欲しく思う。

二十代の頃に刊行された『虹の種』の俳句たちに比べて、『泉こぽ』や『関西俳句なう』の俳句たちは、〈季語〉や〈言葉〉のもつ力や世界観に寄り添う句が多いなと感じる。年を重ねたことによる丸みなのかもしれないが、作者がずっと文学に勤しみ、俳句を愉しみ、その魅力を研究し続けた結果なのだと私は思う。その努力を私はとても尊敬している。何より塩見さんとする俳句の話は楽しい。

文学の実用性を示すことは難しいけれど、その面白さや楽しさを示すことに作者は長けている。これからも私たちに俳句を通して文学の魅力を大いに語っていただきたい。次の句集をお待ちしている。

（加藤綾那）

中井保江（なかい やすえ）

一九五五年京都府生まれ。二〇〇〇年大丸フォーラムにて俳句を始める。二〇〇四年俳句グループ「MICOAISA」入会。二〇〇七年「船団」入会。句集『青の先』で宇治市紫式部市民文化賞を受賞。宇治市在住。

薔薇の雨ドーベルマンが目を覚ます

（『青の先』二〇一六年）

華やかな薔薇の色とドーベルマンの黒く光った色との対比。薔薇の咲くころのやさしい雨と獰猛なドーベルマンとの対比。この雨の中で眠りから覚めたドーベルマンはやおら伸びをして周囲を見回す。それからどうするのか。何かが起こりそうなドキドキ感。彼は、獲物を見つけとびかかるのか。それともまた眠っちゃったりして。

星月夜星がこぼれてまりもまりも

（同前）

知らなかった。星月夜の星がこぼれてまりもになるなんて。心が浄化されそう。意外なものの取り合わせが上手な作者だが、これは素直な句。最後ののリフレインがまりもらしくて可愛い。

種袋シャカシャカ鳴るやつ鳴らぬやつ

（同前）

園芸店に種を買いに行く。作者の仕事は農業ではないから多分そんなところだろう。花の種か野菜の種か。成長に期待をもって耳元で振ってみる。たくさんの種の中からどの種が鳴っているのかいないかはわからないが、鳴らないやつもあるのだ。確かに。鳴らないから悪いわけではない。もしかしたら発芽しないかもしれないけれど、もしかしたら思いがけない成長を遂げるかもしれない。それが個性というものなのだ。

春満月シフォンケーキの背が伸びる

（同前）

春の夜は朧。気持ちよくて食卓のシフォンケーキが月に向かって伸びていく。他のケーキではなく、ここはやっぱりシフォンケーキ。空気をたっぷり含んだ黄色いシフォンケーキは、水を含んで夜空にぽーとうかぶ黄色い春満月と気があいそう。季語のもつイメージと日常的な具体物を取り合わせて作者がつくる幻想的な世界は魅力的。『青の先』

立春のキリンの覗く二階窓
春満月シフォンケーキの背が伸びる
看護師が椿に配る体温計
種袋シャカシャカ鳴るやつ鳴らぬやつ
薔薇の雨ドーベルマンが目を覚ます
旅プランイルカ来ている夏座敷
青の先青初秋の連絡船
コスモスや直線曲線絡む恋
月光浴して犀の角つやつやと
星月夜星がこぼれてまりもまりも
木版のわずかにずれて小鳥来る
小春日を伸ばして巻けば卵焼き
待ってるとポインセチアになる日暮れ
まごころを胸にホッカイロは背中に
冬茜ピアノはそっと帆を立てる

SENDAN ―― BLUE

の中には、この手法で成功している句が他にもあった。

看護師が椿に配る体温計

（同前）

作者が長年続けてきた仕事は精神科の看護師だ。『青の先』は定年を機にまとめられた初句集。だから私はこの看護師は作者自身とみる。椿は患者。この椿は紅い。内科の患者なら熱があるのか、眼科の患者なら結膜炎かと思うところだ。精神科の患者は心が発熱しているのだ。ストレスで心が疲れているのか、幻聴で人が信じられなくなっているのか、妄想で現実の世界と非現実の世界を行き来しているのか、とにかく精神科の患者の心は熱をはらんでつらい。そういう人たちと日常的につき合う看護の仕事とはどういうものなのか。患者の心に寄り添うことと、専門家として冷静に見ること。おそらくそのような相反する立場を要求されることがあるのだろう。そういう日常を生きてきた人が詠んだと思うとこの句は奥が深い。実存している看護師と夢のように華やかで妖しい椿。散る時は花の首から落ちてしまうもろさをもっている。作者が患者に抱く微妙な愛情と距離感がよく出ている。

（井上曜子）

西村亜紀子（にしむらあきこ）

一九四二年京都府生まれ。一九九二年から作句。「天為」入会。二〇〇二年、「天為」同人。二〇〇二年「船団」入会。二〇一五年、合同句集『三光鳥』出版。趣味は映画、絵画、音楽etc・鑑賞。

四葩ならきらひからはじめるこひうらなひ

（『三光鳥』二〇一五年）

なんとまあ純真なと思う第一句目である。四葩なら「好き」で終わるという答えは明白だ。それにもまして、新仮名の俳句のなかで、わざわざ旧仮名なのだ。その恋の雰囲気に浸る思いを隠せないかわいいおばちゃんだ。

その、おきゃんな「おばちゃん力」全開のストレートな俳句たちが並ぶ。

普段お会いする西村さんは活動的で率直。世の中のいろんなことを良く知っていて、伊達に歳を食ってない。シャンソンを歌えば、麻雀も得意。時々麻雀仲間を募ったり、さまざまな人たちとの交流は、懐深く温かだ。

京都は着物を着て交通機関を利用すると、無料になる日がある。その日には着物で句会に現れる。そんなこんなで移り変わる世の中とも付き合い上手。

私よりちょといい女ミモザ咲く

（同前）

反対に、「ミモザ」という季語に、「ちょといい女」は、華やかな印象を受ける。こういう季語を持ってくる素直な受容。

素麺つるり決して美人じゃないよね

（「船団」一一〇号　二〇一六年）

この褒めてるのか、貶してるのかわからない俳句は、どの女にもある目線だが、素麺すすりながらの目線がちょいとイケズ。でも悪びれない。この等身大の思いに、読者はあるある！　と思って共感し安心する。

それは明るさと素直な表現にあるが、後半はその元気さにタジタジとしてしまう。

人間てそんなことばかりじゃないでしょと思ったりする。うん、そんなことばかりじゃない俳句。

四葩ならきらひからはじめるこひうらなひ
満月に鍵を返しに行ったまま
満月の黙っていてもいい空間
寒満月おじいさんは点滅す
私よりちょといい女ミモザ咲く
蛸壺の蛸のためいき夏近し
どことなく現の証拠のような君
人参もあなたもきっと好きになる
うるう日のカバのマークのうがい液
おばあさん余寒の肌のもっちもち
雲の峰カベドンしている稀勢の里
朴散華たちまちピカソの女たち
素麺つるり決して美人じゃないよね
わたくしは恋する老人ワライダケ
スカジャンで恰好つけてラ・フランス

満月に鍵を返しに行ったまま

（『三光鳥』）

これは満月の夜に、もう帰ってこない人がいるということ。そこまで読めばいいことだが。この句と「四葩」の句が最初に並んでいることに、はっとする。亡くなられたご主人との思い出の二句だったかもしれないと。

満月の黙っていてもいい空間

（同前）

わずかな湿り気、静謐なひとりの月夜。かつては賑やかだった家。「黙っていてもいい」は「ずっとおしゃべりの絶えない」空間にいたことを示唆する。

これらや「蛸壺」の句は十五句の中で、読者の意識を少し遠くへ誘ってくれる。そして元気で明るい西村さんの違った像を浮かび上がらせる。

こんな自分で生きようと決心した日があったのだ。それから多分俳句が変わった。元気になった。明るく生き尽くそうとするおばちゃんの迫力に、笑いころげたり、びっくりしたり、読んでいる私も元気になる。

（火箱ひろ）

火箱（ひばこ）ひろ

一九四九年岡山県生まれ。一九九〇年より作句。「童子賞」「童子エッセイ賞」受賞。句集に『眠れぬ鹿』など。船団紫野句会、京都句会幹事。京都散歩にはまり「第五の会」を主宰。京都市在住。

十六歳乳房に蛍育ており

（『えんまさん』二〇一一年）

蛍には淡い光があり、美しさがある。この句には淡い美しい乳房を有する十六歳の少女が描き出されている。ただ、こうした形容を十六歳の乳房に施すのは比較的容易である。この句の注目すべきところは「十六歳の乳房」と「蛍」の取り合わせではなく、下五の「育ており」である。「育てる」は少女の意志を示す動詞。作者は十六歳の少女の思いが淡いながらも未来に向かって少しずつ開かれていることを読み取る。そして、最後に配置される古典語「おり」。「おり」は句に大人の意匠を纏わせ、全体に凛とした落ち着きをもたらす。例えば「育ており」が「育ててる」だったら、どうだろう。句の世界は一気に現代高校生の軽みに舵を切ることになり、「蛍」が季語としてうまく機能しなくなるだろう。火箱は、こうした表現の細部に配慮し、淡いが凛とした十六歳の少女の世界を意識したに違いない。

大根が大根おろしになるきもち

（同前）

五・七・五に従えば「大根おろし」は「だいこおろし」と読むのだろう。京都で毎冬行われる「大根焚き」は「だいこだき」と読む。「だいこおろし」は東京方言という説明もあり、実際のところ、どう読むのが正解なのかはわからない。いずれにせよ「大根」が「大根おろし」になる気持ちを想像するところがユニークな一句である。「大根」の太くたくましい姿には、ある種の風格、どっしりとした存在感がある。しかし、その「大根」もおろし金で擦りおろされた途端、薬味として料理に添えられる脇役となり、もとの風格や存在感は微塵も感じられなくなる。この時の「大根おろし」はどんな気持ちなのだろう。大袈裟に言えば、大根はその自己同一性を揺さぶられる。そうした大根おろしの所在なさがこの句の眼目である。さらに、月並みかもしれないが、「大根」がある種の人間を意味するメタ

ぼつきりと箸の折れたるおはぎかな
いけずやらごんたやらゐて鱧並ぶ
帰省子の東京もんにかぶれちよる
目がまはる青葉がまはる空まはる
金魚にはきつと歪んでゐる私
うんこたれねしよんべんたれ地蔵盆
青葉風そうだお墓を買うておこ
十六歳乳房に蛍育ており
胸反らしおんどりがゆく日の盛
白露なる地球しばらくいるつもり
大根が大根おろしになるきもち
おとといのことが腑に落つ花菜漬
大文字待つ間の蛸のやわらか煮
月光のひとつぶとして金魚
DX（デラックス）東寺師走の万国旗

SENDAN ―――― BLUE

ファーとして機能しているという読みもできそうだ。「大根」は「おろされる」のだ。

火箱ひろは真面目で理知的であり、かつユーモアを大切にする人なのではないかと思う。季語が句の中でどう生かされているか、一つの「ことば」がどう機能するか、そういった細部に対する意識が高く、さらに、その中に可笑しみも内蔵させようとしている。

青葉風そうだお墓を買うておこ　（同前）

大文字待つ間の蛸のやわらか煮　（『火箱ひろ句集』二〇一三年）

火箱の句には京都を想像させる言葉遣いや風物が読み込まれているものも多い。近年は、京都散歩にはまり、「第五の会」による『俳句de散歩―京都五七五―』（二〇一七年）を編集した。俳句という磁場にいかに京都を活かすか、はたまた京都という磁場にいかに俳句を活かすか、こうした選択の妙を火箱の句から汲み出すこともまた鑑賞の楽しみの一つであると言えるだろう。

（若林武史）

藤田亜未（ふじたあみ）

一九八五年大阪府生まれ。第五回俳句甲子園優勝。第二・三回鬼貫青春俳句大賞優秀賞。句集に『海鳴り』、共著『関西俳句なう』。伊丹俳句ラボ・ことばを食べるカフェみずうみの講師。ドラム演奏、美術鑑賞、読書、食べることが好き。

藤田亜未は第五回俳句甲子園に吹田東高校から出場、その年優勝を経験している。関西の俳句甲子園出身生として知り合ったが、私たちの世代で卒業後も俳句を続ける人は少なく、必然的に一緒に活動する機会が増えた。

とはいえ彼女は高校卒業後すぐ「船団」に入会、二〇〇七年に句集『海鳴り』を刊行し、常に私より先んじて俳句の世界で活躍している。おっとりした風貌に見えるが、実際はかなり早口だし、結構な〝いらち〟でもある。周囲の人間に対してあれこれ気を遣う反面、俳句に対しては頑固でもあり、貪欲でもあって、各新人賞にも果敢に挑戦している。彼女自身が代表句にあげる、

夏みかん味方が敵に変わる時

たんぽぽの綿毛ただいま渋滞中

（『海鳴り』二〇〇七年）

は、ともに句集『海鳴り』所収。すでにこのとき、藤田亜未のスタイルは完成していると言っていい。取り合わせの技法で、日常が詩に変わる一瞬をとらえている。味方が敵に変わったと知った時の痛みや苦味が、夏みかんのそれと響き合う瞬間。風に吹かれるたんぽぽの綿毛が、一瞬もつれるように見えた時。一句のなかには飛躍があるが、難しい言葉は使わず、多くの人が共有し、共感できる映像が浮かぶ。等身大の視線で、言葉で、詩を見つけだす。

わらびもちちょっと揺れてもいいですか

（同前）

彼女の本業は栄養士だが、作中に出てくる食べ物は、実はほとんどがお菓子か果物。たまにサラダなど。意外と渋いものが登場することもあるが、食堂で言うと「小鉢」的なものが多い。

煮卵の醤油染み込む夏の宵

（『関西俳句なう』二〇一五年）

かつて私たちが企画した『海鳴り』合評会に出席してくれた塩見恵介さんが「うどんや丼をがっつり食べることが

夏みかん味方が敵に変わる時
たんぽぽの綿毛ただいま渋滞中
夏の星シャンプーの泡ふわふわわ
野に出よう硝子細工のてんとむし
わらびもちちょっと揺れてもいいですか
それからが言いだせなくて水澄みぬ
さくらさくらグラスの底の海の色
青き踏む岡本太郎のごとく踏む
「ん」のついた七つの野菜夏近し
朝ドラのヒロイン気取る若葉風
げんげんの紫はまだ越えられぬ
カーナビの指示は直進夏つばめ
煮卵の醤油染み込む夏の宵
メレンゲのさくっとふわっと冬の月
コンビニに新作の菓子春の雪

SENDAN ―――― BLUE

ない、女の子の世界だ」と評した。藤田亜未の世界は、「等身大の言葉」というキャッチフレーズで作られる「女の子の世界」でもある。

朝ドラのヒロイン気取る若葉風　（同前）

「朝ドラのヒロイン」は、波瀾万丈の人生を送っているようにみえるが、その中身は「ふつうの女の子」であることが多い（ちょっと元気すぎたり美人すぎたりすることが多いが）。藤田亜未の俳句は、強烈なドラマやファンタジーではなく、季語や定型をうまく使って「ふつうの女の子の世界」を創り出す。句を通じて浮かび上がってくる「作者」は、やや愁いを帯びることもあるが、おおむね快活で、元気な「女の子」である。

彼女は人生のイベントでも私より先行し、結婚して大阪から奈良へ移った。今後、妻として、母として、生活はますます変わってくるだろう。第一句集から頑固につらぬく「ふつうの女の子」スタイルの俳句が、これからどう変わるか。あるいは変わらないのか。興味は尽きない。

（久留島　元）

藤野雅彦（ふじの まさひこ）

一九三六年京都市生まれ。二十三歳で就職、七十歳まで真面目に仕事をした。七十歳で俳句を始める。喜寿の記念に句集『でんでんむし』。映画は映画館で見る。妻曰く。せっかち早食い生返事。京都市在住。

十年ほど前、私が初めて紫野句会に参加した時に出会ったのが本十五句の作者・藤野さん。オールバックの白髪で紳士然とした、いわゆる俳人らしからぬ風貌が印象的だった。お歳を訊けば私より一回りも上の先輩だったが、その若々しさとともに句会で発表された溌溂とした俳句に驚いたこと思い出す。以来、船団の会、紫野句会をはじめ京都の町のあちこちを吟行する俳句グループ「第五の会」の仲間としてもお付き合いを願っている。さて、そんな藤野さんの句の鑑賞だが。

帰ろうかでんでんむしのふるさとへ

（『でんでんむし』二〇一三年）

作者の生まれ故郷は京都京北の山国村。陸の孤島のような山深い集落だが歴史的にも謂れ多い村。そんな故郷へのあふれる思いが伝わってくる一句。上五の直截的だが素直な措辞が、自分への呼びかけなのか、それとも誰かへの問いかけなのか、胸に迫るものがある。この句は作者の俳句づくりの原点ではなかろうか。

ゴメンなと西瓜一玉さげてくる

（「船団」一〇三号　二〇一四年）

句会ではけっこう強面で頑固な作者だが、掲句は説明のいらない率直な優しさが出ていて好もしい。俳句の醍醐味の一つは、虚実のあわいを詠み、且つ、解することでもあるが、どこかしら自分の隠された内面が出てくるもの。俳句は嘘をつかない、ということか？

緑さす大仏様の臍のごま

（『でんでんむし』）

思わず笑ってしまう一句、大仏さんの臍のごまを煎じて飲めばさぞかしご利益があろうというもの。よくある取り合わせのおかしみともいえるが、この諧謔性は作者の特質の多くを占める。バックボーンとして理屈っぽくならない博学と深い教養が隠されているのも見逃せない。

バカって言えばゴメンと返す春の山
僕に会う以前の君の白い靴
帰ろうかでんでんむしのふるさとへ
高校へ木苺の道一里ほど
緑さす大仏様の臍のごま
水の星水の地球の水の秋
風花や逃げ馬のお尻がきれい
大寒の大きなお尻どっこいしょ
白鳥来る白鳥座から抜け出して
ゴメンなと西瓜一玉さげてくる
原発に一番近い草の花
淡雪の少年光りつつ走る
冬苺未来なければ創ります
噴水のてっぺんにいる水の神
遠き日の海の匂いは朱欒の香

SENDAN —— BLUE

僕に会う以前の君の白い靴　（同前）

作者にしては珍しくミステリアスな一句。白い靴をめぐり、時間を超えてどこまでも想像が膨らんでゆく。ひとつの言葉の象徴性から生まれる詩的空間は俳句の特権でもある。

淡雪の少年光りつつ走る
（「船団」一〇五号　二〇一三年）

ほのかな抒情性が光る句も印象的だ。個人的には一番の投票句で、大人のほろ苦い郷愁が程よく漂い、心地よい。もっともっと作ってほしいテイストなのだが。

このようにいずれの句も、軽やかな言語感覚を操って、日常の中からふっと言葉が紡ぎ出されている。その融通無碍な自在さが作者の真骨頂であり魅力であろう。

まだまだ制作意欲もチャレンジ精神も旺盛とみる。これからもその若々しい〝現代の諧謔〟の展開が楽しみであり、また、ご教授いただきたいと思っている。

（宇都宮さとる）

松永典子（まつながふみこ）

一九四七年山口県生まれ。一九七七年より作句。「沖」「門」同人を経て「船団」「青垣」。俳句サイト「探鳥句会」編集代表。大阪府羽曳野市在住。

素潜りに似て青梅雨の森をゆく

（同前）

偶々だが今読んでいる小説に、主人公が森へ入って行く場面があり、彼は下草の中を泳ぐように進んだ、とあってこの句を思い出していた。ここでは「素潜り」という水中での行為を連動させて、読者にたっぷりと緑を味わわせてくれる仕掛けだ。水に潜った経験は多くの人にあるだろうが、森にいて、その体感を思い出すとは、どのように水〈海〉に親しんできたのだろうかと、彼女の来し方までを想像させる。色彩とともに情感もたっぷり。

埠頭まで歩いて故郷十三夜

（『埠頭まで』二〇〇五年）

青みを帯びた月がくっきりと美しい。私は山国出身だから、このような経験は皆無でとても憧れる。隈なく照らす月の光は神秘的かつ幻想的。そこに波音が加わる。映画の

典子と書いてフミコと読ませる。俳句の上手さにおいては早くから定評があった人である。今回本人抽出による十五句を見て、早い時期から感心もし、感銘も受け、しっかりと我が愛誦句フォルダに入っている句が多く、とても嬉しかった。「木の言葉」でなく『木の言葉から』、「埠頭」ではなく『埠頭まで』、この余韻のある、そして余裕のある句集名の付け方にも惹かれるのである。

別れきて日傘の熱を折りたたむ

（『木の言葉から』一九九九年）

〈たたむときあたたか夕焼見しめがね〉情景は異なるが根底に通じるものがあろう。触覚と感覚というか、気持が前面に出た作品。暑い日だったが、いい時間を過ごせた……と、ちょっと昂揚もしている。日傘を閉じ折目を正しながら、交わした言葉のあれこれなど思い出しているのだ。

別れきて日傘の熱を折りたたむ
行く春のお好み焼きを二度たたく
素潜りに似て青梅雨の森をゆく
山に雪どかつとパスタ茹でてをり
祭笛子の浮き足を摑み拭く
裸木となる弱点を愛されて
ローソンに秋風と入る測量士
行先ちがふ弁当四つ秋日和
ドアノブの光りて台風圏に入る
海市かもしれぬ原子炉建つあたり
たたむときあたたか夕焼見しめがね
和紙の折目もて止まりたる秋の蝶
埠頭まで歩いて故郷十三夜
つかみゐし蝶がだんだん恐くなる
星飛べる窓辺に吊すフライパン

一シーンのようでもある。

祭笛子の浮き足を摑み拭く　（同前）

母が前面に出た一句。お祭りに出かけた子どもが下駄かサンダルで歩き回り、埃に汚れた足で戻ったのだろう。うきうき気分の子は出店で買って貰った物を早く試したくて、足の先までピョンピョンウズウズ。「ちょっと待ってよ、ちゃんと拭いてからね」というところ。母子の関係が微笑ましく面白く、言葉の捉え方、置き方が上手いなあ！　と感心するばかり。「浮き足」も「摑み」も言い得ている。

つかみゐし蝶がだんだん恐くなる　（同前）

余程の虫嫌いでなければ、一度や二度のこういう経験は誰にもあるだろう。全般に昆虫の貌はかなり凄い。構造は様々だが、蝶に限れば鱗粉という厄介な物までまとっている。翅を抓むと指にべったりと付いて気持ちのいいものではない。じーっと見ているとあの毛むくじゃらの貌や巻いたり伸ばしたりできる口吻。何やら恐ろしくなってくる。

（ふけとしこ）

水上博子（みずかみひろこ）

一九四四年徳島県生まれ。一九九六年から作句。二〇〇〇年に「船団」入会。句集に『ひとつ先まで』。古文書解読にはまっている。奈良県生駒市在住。

淡雪を来てハーレーダビッドソン

（『ひとつ先まで』二〇一〇年）

颯爽たる取り合わせだ。淡雪の中からダーッと現れて、目の前でピタリと止まった、それはハーレーダビッドソンだ、という、このインパクト。むろん作者は待っていたのだ、そのカッコいいヤツを。後ろに乗っかって、更なる疾走が始まるのだろうか。句の背景について何の説明もないので、読者はこのハーレーをどこへでも飛ばして想像の世界を楽しめる。ココへも来てほしいな、という気分だ。

無花果はジャムに恐竜はいしころに

（同前）

ジャムになった無花果といしころになった恐竜。これだけ縁もゆかりもなさそうな二物が、なんだか妙に響き合っている感じなのは何故だろう。あ、この二つはいのちの両極？　煮られて他者のいのちの糧となった無花果と、いのち果てていしころとなった恐竜と。そういえば、無花果だって聖書のなかに何度も登場する、長い歴史のある植物だった。この遠くて近いふたつをつないでいるのは「に」のリフレイン。「に」が力持ちなのだ。それは水上さんが文法の達人だからできたこと。私は、句集『遠くの山』を出したときも文法のチェックを助けていただいた。

神様のヨーヨー白い百日紅

（同前）

「船団」六〇号（二〇〇四年三月刊）にある。坪内稔典の「十五句選」に選ばれ、「博子の句は今号の傑作だ。白いサルスベリは、あれ、神様のヨーヨーだと言われて震撼と納得した」と言わしめた。

ほかにどう鑑賞する必要があろう。でも、しかし、どういう思考回路でこんな発想が浮かぶのだろう。神様がヨーヨー遊びを好きだ、なんて。

淡雪を来てハーレーダビッドソン
鉾解くを見て東西に別れけり
無花果はジャムに恐竜はいしころに
鷹に聞く空のもっとも青い場所
神様のヨーヨー白い百日紅
石蕗咲いて島は断崖へと落ちる
淡交の人と若宮おん祭
青空の端にわたしとかたつむり
空仰ぐ椅子の置かれて秋の庭
炎天を入鹿の首塚まで歩く
空豆の黒焼き読み継ぐ書評集
ピアソラのバンドネオンの二月かな
入りませんか楝の花を仰ぐ会
芸をする象を見ている春の雲
一月を頬杖ついておませな天使

SENDAN ―――― BLUE

空仰ぐ椅子の置かれて秋の庭

（同前）

空を仰ぐだけのための椅子。詩人の椅子だ。

水上さんとはＮＨＫ文化センターの「坪内稔典俳句講座」で出会った。掲句はその講座の合同句集「えすたしおん」の終刊号（一四号、二〇〇三年三月刊）にある。

この号には私の大好きな〈ナプキンの折鶴一羽秋の昼〉のほか、〈合歓咲いて弥生人骨ころがって〉〈するすると秋の蛇吸ふ古墳かな〉があり、「無花果はジャムに……」の萌芽が見える。

空豆の黒焼き読み継ぐ書評集

（「船団」八七号　二〇一〇年）

なんて水上さんらしい取り合わせだろう。空豆の黒焼きをアテに、書評集を読むなんて。「読み継ぐ」のだから、皿が空になって指先が宙をつかむと、また空豆を足して、読みかけの書評集に戻る。いや、水上さんなら、空豆を黒焼きにしながら本を読む、という離れ技もありそうだ。

水上さんはビールを実においしそうに飲む。（**中原幸子**）

山中正己（やまなかまさみ）

一九三七年東京都生まれ。一九八七年俳誌「野の会」入会、楠本健吉、的野雄に師事。二〇〇二〜九年編集長。現在「野の会」無鑑査同人。船団会員。現代俳句協会会員
句集『空想茶房』など四冊。東京在住。

新緑や木椅子にミルクと文庫本

（『静かな時間』二〇一七年）

昔の山小屋にあるような少しごつごつした木の椅子にミルクと文庫本が置かれている。きっと文庫本は読みかけのところを開けたまま反対に伏せてあるのかも。さっきまで椅子に座っていた人は思い出した用事を片付けに行ってすぐに戻ってくるのだろう。緑のみずみずしい木漏れ日がちらちら白いミルクに射して遠くの林からは鳥の声が聞こえてくる。そんなのどかな休日の昼下がりが想像される。

〈上等なパナマが一つ椅子の上〉も山中さんの句。こちらの句は型崩れをきらう上等なパナマ帽を置かれているのだから夜のおしゃれなバーの洒落た椅子だろうか。一脚の椅子に置かれたものから世界が広がる。

日本国憲法九条さくら餅

（同前）

戦後、これほど解釈がこねくり回され、はては変形させられていった条文はないだろう。永久に戦争放棄することは戦争を体験した人々の希望であったのに、自衛手段の名のもと着々と軍備は増強されている。桜は戦争時に美化され続けた花ではあるが、さくら餅は色も味わいも手にする人の心をほっと和らげてくれる。時の政府によって追い詰められている九条ではあるが、餅の弾力さをもって粘り強く持ちこたえてほしい。そんな希望が込められているのだろう。それにしても日本国憲法九条とさくら餅の取り合わせがこんなに相性がいいなんて、発見だ。

嫌なことしない生活ところてん

（同前）

勤労者も退職者も主婦もいる句会で絶大な人気だったのがこの句。私を含めいいなぁこの生活態度！　という共感を得たのだろう。人が人にまみれて生きていくのだからど

新緑や木椅子にミルクと文庫本
落葉掃く安楽死協会から手紙
上等なパナマが一つ椅子の上
モリカズの黄色い蝶が五、六匹
ぜいたくは素敵だ千疋屋のメロン
春の野に地球の鼓動聴きに行く
夏が好きをんなが好きでアルデンテ
日本国憲法九条さくら餅
玉子かけご飯が好きで風薫る
嫌なことしない生活ところてん
七十年撃たざる国の晩夏光
満月の裏はさびしい兎たち
読初はスヌーピーたちの人生訓
好きな人とスキなこととして麦の秋
このさきはボクのほそみち秋の風

SENDAN — BLUE

こにだって不平不満はあるし、自我の衝突にひそかに「ちっ」と舌打ちをしたくなることは多々あるだろう。だけど嫌なことに出会っても「嫌なことしない生活」とつぶやけば、少々のことはするする逃げてゆきそうな気がする。ところてんのような人なのだ山中さんは。銀座句会で「ダンディ山中」と呼ばれる山中さんはおしゃれな紳士で句歴も長い。既に三冊も句集を出されていて、その集大成が昨年上梓された『静かな時間』なのだ。

それでも句会ではちゃめちゃな句が出ても難しい季語が読めなくても苦い顔してお説教することはない。おバカなことにも一緒に笑ってくれる紳士でもある。落語に通じる滑稽な味わいも山中さんの句の特徴。〈夏が好きをんなが好きでアルデンテ〉と読み手をにやりとさせる匙加減も心憎いばかりである。

（三宅やよい）

山本直一（やまもと なおいち）

一九四一年名古屋市生まれ。二〇〇三年、「大山崎句会」にて作句開始。二〇〇七年船団入会。二〇一四年、俳句の他に、ゴスペルグループ「ＳＨＩＮＥ」、男声合唱団「昴」に所属。京都市在住。

山本さんの自選十五句の魅力は、取り合わせが生み出す諧謔の揺らぎにある。飄々とした滑稽さの奥から漂ってくるそのおかしさとは別の気配。あるいは、それとは逆の雰囲気の中に、ふらっとあらわれるユーモラスな表情。いずれにしても、取り合わされた言葉同士の響き合いにより、読み手は、事物と自然の対比による揺らぎにとどまらず、詠み人の内面の揺れにまで感応してしまうようだ。

シベリアに隕石祇園にうぐいす

（『鳥打帽』二〇一四年）

初めて読んだ時、「隕石」の鬱々感が「うぐいす」の鳴き声によって救われていくような感触があった。寒々しく深刻そうな事態を、瞬時、うぐいすの声の華やぎが包む。どこか浮き世離れした景である。しかし、繰り返し読んでいると、その華やかな鳴き声もやがて苦渋を帯びてくる。

鳥打帽載せて西瓜が客を待つ

（同前）

客を迎えるために買ってきた西瓜に、何気なく帽子を被せたのであろうか。とたんに、客を待つ主が西瓜そのものになった。客を待つ主人の心持ちを西瓜が買って出たようでおかしい。けれど、鳥打帽がどうも気になる。それがトレードマークの作者を知る者は、くすっと笑ってしまうが、西瓜に取り合わされた鳥打帽には、やはりおかしさの裏側に何かしらあやしい雰囲気が漂っている。

舟が出る二月三日の鬼ヶ島

（「船団」一〇九号　二〇一六年）

節分となれば、舟に乗っているのは、鬼ヶ島の財宝を積んだ桃太郎一行である。めでたしめでたし、と昔話は終わるところであろうが、島には、屍累々とした光景と、響き渡る鬼の子どもたちの泣き声が残される。山本さんの眼は、見える世界の裏側にある見えない世界に向けられている。

買いたての靴女子大の落葉踏む
シベリアに隕石祇園にうぐいす
抱き起こす夏病む母に乳房あり
つくしは土手に燃料棒は炉の中に
鳥打帽載せて西瓜が客を待つ
ふとん丸洗い春愁もおねがい
春は名のみの旅人として娘宅
栄螺のしっぽぼくにもあったよ青春は
いいわけの女早ぐち花八手
鯨のしっぽ海をたたいて初日の出
舟が出る二月三日の鬼ヶ島
猫柳の咲いてるうちは待ったげる
春のゴリラに三拍子を数えるな
火星接近山椒魚の眼が光る
小春日のカバとキリンの見える椅子

SENDAN ——— BLUE

抱き起こす夏病む母に乳房あり

（『鳥打帽』）

病む母を抱き起こし、身体の汗を拭ってあげているのであろうが、抱き起こしているのは、まるで「病む夏」であるかのようだ。そこには、病む母だけでなく看病する自分自身も投影されている。看る者も看られる者も苦しい夏。しかし、この句の眼目は、中七から下五の「母に乳房あり」である。ここに来て、重く苦しい景は一気に反転する。

買いたての靴女子大の落葉踏む

（同前）

女子学生も踏んだであろう落葉を、「買いたての靴」で自分も踏む。そのことに昂揚している作者がいる。「買いたての靴」には、何か期するものがあるようだ。含羞を抱えた作者の決意にふさわしい。

「うぐいす」の声を染める苦渋。「西瓜」に宿る表情のあやしさ。「めでたしめでたし」が残す悲惨。逆に、苦しい「夏」を急転させる「母の乳房」。含羞を決意に変える「買いたての靴」。これらに微妙な諧謔の揺らぎを感じる。

（川端建治）

渡部ひとみ

一九五四年鹿愛媛県生まれ。一九九六年作句。合同句集『花のいつき組』、写真と俳句『再開』。庭いじりが好き。ほぼ毎日写真を撮る。愛媛県在住。

とある中華料理屋のカウンター、隣に座った客が、中華丼を、注文した後、うずら卵抜きでと言った。一瞬耳を疑ったが、聞き間違いではなく確かにうずら卵抜きだった。中華丼や皿うどんにおいて、うずら卵はエース級の存在ではないか、それをいらないと言うのは、楽天が則本をトレードに出す様なものだ。

飼っている訳ではないが春の雲

（『再開』二〇〇八年）

句集『再開』を一読した時に、いちばん心に残ったのがこの句だ。多分おそらく渡部ひとみのエース級の句だと思う。なぜ惹かれるのか、この句、実は何も言っていない。季語が春なだけで、雲を見ているのかどうかも分からない。しかし読者はあれこれ考えてしまう。一読すると頭から離れない不思議な句だ。通常俳句で雲なら夏か秋が多いが、あえて春。「飼っている訳ではないが」の上五中七があまりにも雲のイメージと、かけ離れていてそこが成功している要因だと思う。

空蟬を水鉄砲の的として

（「船団」一一一号　二〇一六年）

渡部ひとみは、律儀な人である。最初に会ったのがいつだったか思い出せないが、初めて松山に行った時の事は良く覚えている。あれこれ皆の世話をやき、進行に気を配りイベントをしっかりと支えていた。帰りに土産をもらったので、次に行った時おおさわほてると京都のお菓子を持って行ったら、彼女が京都に来た時またもらった。きりがないので、もうやめようね。あっこれは谷さやんも一緒なので付け加えておく。さてそんなひとみが水鉄砲を構えている。標的は蟬の抜け殻。多分この木には無数の空蟬がしがみついているのだ。誰にでもストレスはある、いつも良き妻、良き母でいる必要はない。今日は思い切り空蟬を撃ち落とせ。

秋の日の電車通りの球根屋

一月のかぼちゃプリンの底力
シャンプーを春の雪ほど出してみる
風蓮や暇をつぶしにいきましょう
パリー祭集金人はガス屋なり
春闘やフライがえしの穴の数
飼っている訳ではないが春の雲
ストローのくっとくの字の桜かな
透き通る覚悟持ちたり柿の空
母の日のガラス工房火の匂い
イヤホーンキウイの形して立夏
秋の日の電車通りの球根屋
船が船追いこすところ春隣
冬の日のカフェに巣箱と空と雲
空蟬を水鉄砲の的として
金木犀一枚のブラウスを手に

SENDAN ―― BLUE

（「船団」一〇二号　二〇一四年）

松山句会は、小学校の一クラスを凝縮した様な句会だ。ややだらしない男子（もちろん参加者すべてではないが）にそれを厳しく叱責する女子、そんな中でひとみは優等生で学級委員の様な存在だ。

この句はなんだかノスタルジック、夕暮れ時の色あいを強く感じる。「秋」「電車」「球根」これらからイメージする色はセピア。その色彩がこの句を支配している。渡部ひとみと言えば写真家としても知られているが、この句などまさしく一枚の写真になりえる句ではなかろうか。

船が船追いこすところ春隣

（「船団」一〇五号　二〇一五年）

ひとみ、谷さやん、松本秀一、おおさわほてると、佐田岬の灯台で夕焼を見た事がある。豊後水道の潮のぶつかり、染まり行く空は見事な景色だった。その時も沖には船が行きかっていた様に思う。この句はただありのままに、あった事を詠んでるだけなのに、読者はたいていどこかで見た景色を思い出してしまう。このあたりが案外ひとみの真骨頂なのかも知れない。

（**植田かつじ**）

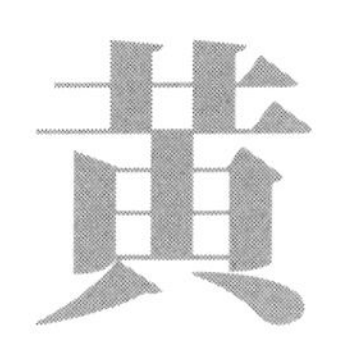

◉エッセイ「笑いの共有」………… 小枝恵美子

朝倉晴美

岡本亜蘇

尾崎淳子

折原あきの

河野けいこ

紀本直美

工藤　恵

黒田さつき

小枝恵美子

小西昭夫

土谷　倫

寺田良治

中原幸子

星野早苗

宮嵜　亀

連　宏子

芳野ヒロユキ

笑いの共有

小枝恵美子

春になり大地のあちこちに蒲公英がぽっぽっと出始めると、足取りが軽くなる。冬枯れの大地を歩くのとでは心理的に違ってくる。たんぽぽの黄は暖かみのある色だから心が和らぐのだろう。思わず笑みがこぼれてしまう。しかし、同じ黄色の花でも、薔薇となるとまた違った印象を持つ。赤い薔薇の花束をもらえば気分は高揚するが、黄色の花束は落ち着かなくて不安になる。その理由を考えてみると、黄一色の部屋の中には住めない気がするのと同じかもしれない。頭がくらくらしそうだから。黄色の薔薇の花束はそんな気分と似ている。黄の量によってイメージが違ってくるのだろうか。広大な花菜畑や向日葵畑の中を歩けば、何か狂気のような気分も抱く。長時間黄色を眺めると発作の引き金になると言われたりするが、危険な色でもあることは確かだ。

絵画で気になるのはゴッホの「ひまわり」である。その絵はテーブル、花瓶、十五本の向日葵、背景の壁まで黄色の濃淡で埋め尽くされている。誰でも知っている有名な絵だが、一枚の絵を黄色で埋め尽くし描いている絵はそう多くはないだろう。ゴッホの他のひまわりの絵で背景が水色の作品と比べてみても、発するエネルギーの量が断然違う。テーブルや花瓶まで黄色にしたのは意図的だと思うが、光を浴びて育った向日葵を、外から内へ切り花として移動しても外にあるままの光の量が感じられるのだ。それは黄色のなせる技なのだと思う。

色の量だけでなく、黄色のかたちによって、イメージが違ったりもする。例えば、バナナとレモン。青いバナナもあるが、店先に並ぶ黄色いバナナ。曲がっていることによって、黄色がやさしく、少し間抜けなイメージを持つ。バナナに拳銃のイメージを持つ人もいるが、どちらかというと危険性を感じる人は少ないのではないだろうか。私は少しユーモアを感じる。反対にレモンは楕円形で張り詰めた黄色が希望のように輝いている。またそのかたちから危険なイメージを持つこともある。梶井基次郎の短編小説『檸檬』でも、洋書店の書棚に置き、レモンの爆弾を仕掛けたつもりで逃走する。「その檸檬の色彩はガチャガチャした色の諧調をひっそりと紡錘形の身体の中へ吸収してしまって、カーンと冴えかえっていた」とある。一個のレモンが実に鮮やかで効果を発揮している。

日常生活の中には色が溢れていて、私たちはいろいろな場面で黄色をチョイスしている。それは疲れた時だったり楽しい時だったりもする。色に対するイメージは小さい頃からの思い出や習慣、知識から人それぞれの微妙な違いがある。私は黄色の持つユーモア感が好きだ。笑いの色はやはり黄色だと確信している。その量やかたちによって、大笑いや苦笑いなどニュアンスも変わるが、嫌なことも笑いに変える余裕があるほうが断然楽しい。その余裕は物事を客観的に眺めることにも繋がる。ちょっと笑えば見方も変わるのだ。

朝倉晴美（あさくらはるみ）

一九六九年生まれ。愛媛、岡山、香川と瀬戸内海を眺めて育つ。京都教育大学大学院にて韻文学を学ぶ。休日はランニング、バレエ、ドライブ、そしてビール。句集『宇宙の旅』。共著『関西俳句なう』。

葉桜に隠したことも忘れたの

（『宇宙の旅』二〇〇八年）

花が散って若葉が出た時分の桜の木。二人だけの内緒の隠し事をすっかり忘れてしまった相手にちょっと怒っているようなつぶやき。すねているような独り言にも聞こえる。でも、伸び盛りの葉っぱの中に隠したものはきっと楽しい明るいものなのだろう。

秋夜中カレー混ぜるとき裸

（同前）

なんで、カレーを混ぜるとき裸なのだろう。しかも真夜中に。子育ての真っ最中で、お風呂から上がってきても着替える間がなく、焦げそうになるカレーを、慌てて生まれたままの姿でかき混ぜているのか。髪の毛を振り乱して子育てしている姿が浮かんでくる。

でも、こうも思う。実際に作者は裸なんだろうかと。家族が寝静まったあと、じっくりカレーを煮込んでいる。一人カレーをかき混ぜているときの心が無になり、それを裸、と表現しているのかもしれない。どちらにしても、ちょっとエロスを感じてしまう句である。

晩秋の午前一時にたこ焼きチン

（同前）

晩秋は、ちょっと肌寒くなってくる頃である。

子育てをしていると、落ち着いてご飯が食べられない。だから、変な時間にお腹がすいてしまう。すべてがやっと落ち着いた午前一時。たこ焼きをレンジで温めているのだ。小腹がすいて温まりたい時、冷凍のたこ焼きは手軽でおいしい食べ物だ。チンとできあがりの合図が鳴った。自分をとりもどす、ちょっと楽しい時間の始まりだ。でも、作者は冷凍食品ばかりを使っているわけでは決してない。二〇一一年に作者を含む「船団」若手六人で「関西俳句なう」

葉桜に隠したことも忘れたの
さっきまでのキスの相手は秋の人
子規とぼく万緑の中を駆けぬけろ
秋晴れを抱いているのだ大けやき
夕立だデートだ祭りだ不本意だ
ククヲヨムコエガコガラシヨンデクル
なまこコリこりこりこりこりん膝頭
立春大吉鼻をかむこと教えてる
秋夜中カレー混ぜるとき裸
晩秋の午前一時にたこ焼きチン
初夢は北京原人君だった
九回の裏猪鍋を食い逃げる
春昼の蒸し器の並ぶ男子校
囀りや再婚通知カラー刷り
蛇いちご摘めば宇宙より手紙

SENDAN ———— YELLOW

のホームページを立ち上げた。その時、打ち合わせと称する飲み会を作者の自宅でしたことがある。美味しいご飯とお酒、楽しいおしゃべりをご馳走になり、豊かな時間を過ごしたことを思い出す。

初夢は北京原人君だった

（「船団」九三号　二〇一二年）

初夢とは新年のある夜に見る夢のことで、一年の吉凶を占う風習のこと。果たして、北京原人のような君を初夢で見ることは良いことなんだろうか。私なら初夢は北京原人より福山雅治さんがよいのだけれど。

作者の句群はどれも明るく楽しい。ユーモアいっぱいである。「関西俳句なう」のホームページや出版に際しては、メンバー間では意見の食い違いなどで気づまりになることもあったのだけれど、ふんわり柔らかい作者のひとことで、場が和むことがよくあった。そうした作者の人柄が俳句からも感じられる。このおおらかな俳句をずっと詠み続けてほしいと思う。

（藤田亜未）

岡本亜蘇（おかもと あそ）

一九五〇年愛媛県生まれ。一九六八年作句開始。句集に『青の時代』『西の扉』。趣味は家庭菜園。耕したあとの爽快感、この感覚が最高。松山市在住。

岡本亜蘇さんは、おっかない存在であった。近寄りがたい雰囲気。噂に聞く船団松山三人衆（小西昭夫、東英幸）の一角。それがひょんなことから初めて一緒に旅したのは二〇一五年。マイクロバスのガイド役の亜蘇さん。マイクの声が震えている。「あれっ、緊張したはるんや…」。その夜、松山三人衆との宴は盛り上がり、皆酔うほどに饒舌になる。亜蘇さんは元銀行マンと知る。「こいつ、頭取になるはずやったんやけどな！」凄い！「でも、はずやった?」と、亜蘇さんの顔をみると、まじで後悔している！なんで?

六月や睡りて豹となれぬ日々

（『青の時代』一九八六年）

第一句集は二十歳から三十五歳までの句が収められている。「睡」とは「居眠り、転寝」の意。転寝で思い浮かぶのは「邯鄲の夢」だ。盧生がその転寝に見たのは五十余年の富貴を極めた生。さらに睡って異物になる。そのイメージとは例えば、「胡蝶の夢」。そして「豹」は『山月記』の虎。それらを亜蘇は見事に裏切るのだ。六月のもつ危うさと気怠さ。光と影。せっかく転寝をして夢をみたのに、栄華を極めることも、異物になることもできない日々。あるいは、はからずも眠ってしまって、豹となって草原を駆け抜けることもできないのか。青年の屈折をここに見る。

第二句集は二十年近く俳句から遠ざかっていた後の、四十九歳から五十四歳までの句。『青の時代』にあった、豹、銃声、蛇、殺等の言葉は姿を消し、「非常口」「鞄」「鶏」等、その対象が変化している。より実生活に即しながら、それでいてどこか暗い、決して表舞台に立たない物ばかりだ。

階段の青鬼灯を濡らすなよ

（『西の扉』二〇〇五年）

「青鬼灯」が「階段」に置かれている。そこまでは、どうして階段?　とわずかに訝しさを誘う程度だ。そこへ

十月や銅貨と蝶を裏がえし
ピストルの銃声甘し春の午後
父に似て水を悲しむ蛇ならん
未来へと蝶を一匹殺めけり
六月や睡りて豹となれぬ日々
春の夜を灯してをりぬ非常口
大いなる鞄を抱けば野分めく
永き日や暗渠に水の流れたり
階段の青鬼灯を濡らすなよ
秋の日の鶏ぽろぽろと毀れけり
炎天の鍵のかからぬドアひとつ
夕立に消えてゆくなり砂の町
おぼろ夜の外階段に洗濯機
犀の目に茅花流しの吹いてゐる
おんおんと鬼の子風に吹かれをり

SENDAN ―― YELLOW

「濡らすなよ」と思いがけない言葉が投げかけられる。ここで、一気に階段は外にあり、他にも植木が並べられていることがわかる。しかし、「濡らすな」である。通常、外の階段は日当たりが悪い。青鬼灯は紅くなる一歩手前である。これからというときに暗い階段に置かれ、さらに水やりまで拒絶される。濡らしてはいけないのだから、一番高い所に置かれていることだろう。最終の表舞台に現れることのなかった作者の矜持がここに現れているとは深読み過ぎるだろうか。

おぼろ夜の外階段に洗濯機

（「船団」一一〇号　二〇一六年）

『西の扉』から十年を経た「階段」の句。ここでははっきりと「外階段」だと言っている。そして洗濯機だから、一番下に置かれている。それを春の月が照らす。今まで上部にあろうとした作者の新たなる発見がそこにある。ちょっぴり切なくも、どことなくおかしみと幸せ感が漂う。もう、緊張も、イメージの歪曲もそこにはない。理想と現実、夢と挫折。サラリーマンの悲喜。それを終えた今、等身大の自分を見つめる岡本亜蘇がそこにいる。（**おおさわほてる**）

尾崎淳子（おざきじゅんこ）

一九四〇年大阪府生まれ。二〇〇〇年から坪内稔典の指導のもとに俳句をはじめる。同じころ水彩画も始める。二〇一五年句集『只管ねむる』を上梓。滋賀県草津市在住。

全開の蛇口で洗う夏の朝

（『只管ねむる』二〇一五年）

この盛大な洗いっぷりは何だろう。夏の朝、蛇口を全開にして洗うのは顔だ。早起きをして庭の雑草を抜き花々に水をたっぷりやった後、ブルンブルン顔を洗っている様子が水音と水しぶきもいっしょに伝わって来る。汗にまみれた服にもバチャバチャかかっているかもしれない。

読み手も涼しくスカッと気持ちよくなる。

かなぶんにシャツつかまれて泣いてはる

（同前）

泣いてはるのは大のオトナと読みたい。かなぶんごときに「泣いてはる」とは、クスッと笑ってしまうが、世の中には虫というもの全てが苦手で大騒ぎする男性もいるのだから面白い。私だって泣きはしないがキャーキャー走り回るに違いない。「泣いてはる」という関西弁がこの句を魅力的にしている。

わるいけどこの頃わたしバナナなの

（同前）

「エッ、バナナ？」

この句が出たときネンテン先生がとても褒められたが、私は正直困惑してしまった。「わたしバナナ」「わるいけど」、何度も繰り返した末に思ったのは、これはやんわりとした拒絶の言い訳としての台詞ではないかという事だ。「私に触れないで」「放っておいて」。これはちょっとねっとりしているバナナとの取り合わせの妙であって、「リンゴ」だと伝わらないだろう。

尾崎さんは身近にあるさりげない情景や事物に季語を取り合わせて巧みに詩にしてしまう感性の持ち主だ。

柿買えばおまけも柿の真田村

全開の蛇口で洗う夏の朝
青空に坐る大きな夏帽子
かなぶんにシャツつかまれて泣いてはる
柚子の香のデザートが出て外は雨
時雨来るオートバイでくる定期便
冬ぬくし背を向け合って老いてゆき
初蝶がキスしてスープこぼれたよ
マンモスは只管ねむる緑雨です
夕焼を仕舞い忘れた遊園地
柿買えばおまけも柿の真田村
若葉雨なんにもない村そこがいい
わるいけどこの頃わたしバナナなの
味噌汁も冬も好きです啄木も
ともに老い時々一人春立てり
モナリザはきっと猫舌月朧

SENDAN ——— YELLOW

本人は嫌がっているが親しい仲間内では吟行の名手とされている。買った柿だけでも重い上におまけまで柿とは。うれしいけれどちょっと途方にくれているのかも知れない。真田村といえば「幸村」を思い歴史を思うが、今は柿の木の沢山ある長閑な村なのだろう。「真田村」が効いているが、作者が行ったのは本当に真田村だったのだろうか。

（同前）

ともに老い時々一人春立てり

（同前）

同世代で夫と二人暮らしの私には心に染みる句である。時々一人になりたくなるが寄り添って半世紀以上を生きて今は二人ともに老いてしまった。しかし「春立てり」には幸せの実感があり、しみじみと日々の暮らしを考えてしまう。

〈冬ぬくし背を向け合って老いてゆき〉も『只管ねむる』にあるが、お互いを意識しながら気遣いながら老いてきたということだ。二人でいれば冬も温い。

（山本みち子）

折原（おりはら）あきの

昭和時代、東京都渋谷区生まれ。一九八三年頃から作句。句集に『指定席』『都会発』、アンソロジー『俳句の杜4』。漫画を読む、ときどきカラオケが趣味。国立市在住。

名月や中野停りの終電車

（『指定席』一九九五年）

「終電車」と言うからにはだいぶ遅い時間。句会のあとの飲み会で大いに話し笑い、帰宅途中の風景であろうか。一人ホームに佇んでいる後姿を思うと、現実に引き戻されるような寂しさを感じるが、「名月や」の詠嘆が、降り注ぐ月光を感じさせて豊かな味わいの句となっている。

嫌はることに敏感ちやんちやんこ

（同前）

人それぞれ性格は異なり、一朝一夕に変えることはできない。時に言いすぎたり、知らずに人を傷つけていたり。でも傷つけた本人が、実は一番くよくよ気にしていたりして。「ちやんちやんこ」の季語を置くことで、そんな心の動きや行動を、客観的に観察する視点が生まれた。ちなみに、あきのさん、いつも元気印で、ある意味豪放磊落な感じ。に見えるのだけれど、ある時、電話で俳句話から子育ての悩みに話が及んで、つらさを吐露したら、電話の向こうで、泣いてくれた。ありがとう、あきのさん。

麻服や蕩児のままで逝きし人

（『都会発』二〇〇二年）

さらっと麻服を着こなすその人はお洒落な遊び人。実在の人物とも、架空の人物ともわからぬが、身近にいたら、ちょっと危険な感じ。でも、それゆえに惹かれもするのだろう。中七下五の、包容とも諦念ともつかぬつぶやきに、虚無感の伴う愛情が感じられる。

新米の旨さたとへば万馬券

（同前）

大仰な表現が楽しい。米好きなら首肯できる嬉しさである。つやつやぴかぴか新米の白飯を口にして、弾けるよう

名月や中野停りの終電車
たんぽぽの絮吹く息を溜めにけり
嫌はることに敏感ちゃんちゃんこ
草の絮富士山頂へ行きたがる
子規に間に合はぬ糸瓜を化粧水
麻服や蕩児のままで逝きし人
父の木とよぶ空蟬があまたの木
寒卵をんなと生まれたからには産む
おしゃべりな巣箱無口な百葉箱
新米の旨さたとへば万馬券
団欒の声と春燈漏るる家
ミモザ咲くフランス革命後も前も
力まずに生きてワインと牡蠣フライ
無花果や一人に一個頭蓋骨
海の日や卵の好きなコロンブス

SENDAN ———— YELLOW

な喜び。その、まっすぐな嬉しさを、万馬券が当たった気持ちに重ねている。そんな嬉しさが表だとしたら、その裏には、戦争中から敗戦後に食糧難を体験した日本人の、白米へのあこがれが、つらい記憶として現代社会に通底している。

海の日や卵の好きなコロンブス

（「船団」一一一号　二〇一六年）

コロンブスの卵の逸話を詠みこんだ句であろう。アメリカ大陸発見を妬んだ人に「そんなこと（大陸発見）はだれでもできる」と言われたコロンブス。「では、この茹で卵を立ててみよ」と言い、結局誰もできなかった。卵の殻を少し割って底をつくって立てて見せたコロンブス。後からなら「簡単さ」と言える事でも、「発見」へつながる視点の持ち方や考え方を、自ら証明して見せた。という話。コロンブスが卵好きだったかは謎だけれど、殻を割った茹で卵はちゃんと無駄にしないで食べた。だろう、きっと。

（能城　檀）

河野（かわの）けいこ

一九五五年愛媛県生まれ。一九九五年から作句、二〇〇五年「船団」入会。句集に『ランナー』。スポーツとスポーツ観戦が好き。五十歳でカナヅチを脱して、毎週プールに通っている。愛媛県在住。

人参を切らさぬやうに暮らしけり

（「船団」一一〇号　二〇一六年）

第八回船団賞候補作品の中にある。誰しもが日常の暮らしで思っていることをけいこさんは新発見した。なるほどと膝を打つ句である。無意味なこと、取るに足らないこと、そこに注目する俳人の目。人間の命につながるとか、そんな大それたことではなく、ただ冷蔵庫の中にいつもある人参に注目した句である。もしかしたらそれは別の意味かも。例えば、人間以外の動物のため、かもしれない。けいこさんは何も説明しない。ただ人参だけがそこにある。

大銀河またいで君に逢ひにゆく

（『ランナー』二〇〇九年）

これはまた何と大胆な。作者の名前を見なければ男性の句かと思ってしまう。女性がこのような行動をとるとすると、これはもう立派な現代の風景。大銀河をまたいで君に逢ったあとも女性がぐんぐんリードする。「疲れたわ」とかいいながら男性に足をマッサージしてもらったりして。

カツサンドのカツが落ちさう花ミモザ

（「船団」九八号　二〇一三年）

カツサンドは身近な食べ物。私はこの店のカツサンドがお気に入りよ、という話題はよく聞く。カツサンドと花ミモザの取り合わせは「こぼれそう」という言葉でつながる。こんなにもあふれそうなカツが入っているのだから美味しいに決まっている。花ミモザはこれまた雲がわくようにわんわん咲く。カツサンドは美味しそうではあるがミモザの黄を邪魔したりしない。力強い句である。

脱落のランナー雪を見てゐたる

（『ランナー』）

寺山修司の短歌〈マラソンの最後の一人うつしたるあとの玻璃戸に冬田しずまる〉を思い出す。修司の歌はランナーの去ったあとだが、けいこさんの句は今まさにランナーがそこにいて雪を見ている。句集名にもなったこの句、体

二の腕を百合が汚してゆきにけり
プールより見上げし母のふくらはぎ
包丁に檸檬くつつくすでに恋
月光がストッキングにひつかかる
終点に誰かをるはず天の川
大銀河またいで君に逢ひにゆく
脱落のランナー雪を見てゐたる
冬菫肉親といふこはれもの
二階より猫の返事や花の昼
春眠といふ重力を愛しけり
人の来て犬の出てゆく花野かな
カツサンドのカツが落ちさう花ミモザ
羊羹を正直に切る涼しさよ
風船の中へ戻れぬ子供たち
人参を切らさぬやうに暮らしけり

SENDAN —— YELLOW

育会系河野けいこの熱がこもっている。

プールより見上げし母のふくらはぎ

（同前）

これは不思議な句だ。プールの中から母のふくらはぎを見る。子は何歳なのか、母は何歳なのか。この句、少年が作ったとしたらマザコン。少女が作ったとすればライバル視、などと考える。見上げたのが母の顔ではなく、全身ではなく「ふくらはぎ」というのは少しビミョウ。エロティックな部位である。ただ、けいこさんとしては筋肉の付き具合をチェックしているだけかもしれない。体育会系の人はそこに足があればやはりふくらはぎを見てしまうから。

さて、けいこさんは俳句のメッカ愛媛県の人。松山の句会で多くの俳人と切磋琢磨している。何でもとてもてきぱきこなす。若いころに十年以上ご主人の両親の介護をした苦労人でもある。けいこさんの簡潔な行動は、今のように便利なグッズがなかったころの介護経験によると思う。俳句もまた簡潔でわかりやすい。無駄がない。てきぱき。

（小西雅子）

紀本直美（きもとなおみ）

一九七七年広島県生まれ。早稲田大学文学部卒。句集『さくさくさくらミルフィーユ』（創風社出版）。二〇一二年より「紀本直美の俳句ブログ」連載中。ゲスト講師として大学の授業で句会をしています。

どの道もさくさくさくらミルフィーユ

（『さくさくさくらミルフィーユ』二〇一三年）

「さくさくさくら」というリズムが心地よい句である。「咲く咲くさくら」と街中に桜が咲いている光景が浮かぶ。また「さくさく」は桜の道を軽快に歩いている音かもしれない。最後に来る言葉は「ミルフィーユ」だ。すると「サクサク」は何層にも重なったパイ生地を歯で崩したような響きになる。桜味のミルフィーユを食べたような甘味が口に広がる。

紀本直美の句集には食べ物がたくさん出てくる。特に『さくさくさくらミルフィーユ』の最初の章「善処しているさつまいも」は美味しそうな食べ物のオンパレードだ。そして一章全五十四句のうち、半分の二十七句は甘い食べ物を詠んだ句だ。ハニートースト、チョコパフェに、いちご入り時限ケーキ、鯛焼き、カフェモカ、「アンパンマン」については迷ったが、甘い食べ物にカウントさせて頂いた。あー、夜中に読んではいけない句集だった。

プロポーズしてよ鰻は特上ね

（同前）

甘い物以外も美味しそうだ。きっぷのいい女性が浮かんでくる。夜景の見えるレストランのディナーではなく、特上の鰻をプロポーズの場に持ってくる。ここまで言ったら女性からプロポーズしているようなものだが、「プロポーズしてよ」がいじらしい。甘い物、そして、しょっぱい物と続く組み合わせ。危険だ。永久に食べてしまうコースではないか。

もうひとつ恋愛の俳句を紹介する。

花の酔となりのとなりすきなひと

（同前）

まだ二人っきりで花見をする仲ではない。大勢の中に想いを寄せる人がいるのだ。「となりのとなり」という距離感にいる、好きな人の温かい存在が「花の酔」という言葉

どの道もさくさくさくらミルフィーユ
花の酔となりのとなりすきなひと
去年より今年のさくらすきになる
ひとつずつぷちぷちつぶすしけんまえ
竹の子がほめてほめてと伸びてゆく
誘蛾灯不実なのかもしれません
プロポーズしてよ鰻は特上ね
水性じゃ意味がないのよ熱帯夜
お家から出ないしあわせ文化の日
今はダメ湯たんぽにお湯いれるから
ピアノから黒鍵とった冬の街
ふぐ食ってうっかり成仏してしまえ
お互いの不幸に拍手するアシカ
あきうららにえんきってをなめたから
八月の終電はみな広島へ

SENDAN ——— YELLOW

と合っている。紀本直美は「あとがき」で「ひらがながすきです」と語る。

最後は強く余韻の残る句を紹介したい。

八月の終電はみな広島へ

（「船団」一一〇号　二〇一六年）

八月の広島は原爆の投下された日を思い起こさせる。終電に乗って、亡くなった方々の魂が帰って来るような幻想的な句だ。プロフィールによると、紀本直美は広島生まれとのこと。

最近参加させて頂いている句会のメンバーに紀本直美はいるらしい。でもまだそこでお会いできたことはない。日曜朝九時に始まるその句会の場所は紀本直美の家から遠い。またお仕事が忙しいようで、日曜の朝起きるのも大変そうだ。句会の開始時間が過ぎ「今日も紀本さん起きられなかったみたいだね」という声が聞こえる。

「紀本さん、起きてください！　句会しましょう」

（諸星千綾）

工藤(くどう)　恵(めぐみ)

一九七四年大阪府生まれ。二〇一四年第六回船団賞受賞。共著に『関西俳句なう』。原チャリでどこへでも行く。二十代の頃、レンタル原チャリで礼文島内を一周したのが一番の思い出。兵庫県神戸市在住。

みそ汁のきちんと残された若布

（『雲ぷかり』二〇一六年）

「船団」八十一号（二〇〇九年）の全員参加「俳人たちの朝食」に出た。工藤さんの家族は夫と娘二人、みゆちゃんとみきちゃん。その日のみそ汁は豆腐と若布だった。夫はみそ汁抜き、みきちゃんは赤ちゃんだから、残したのはみゆちゃんだ。南村健治さんが同号の「題詠、である」で、「懸命な箸使いによってより分けられ、残された若布が見えてくる」「題詠だからこその句」と高く評価した。その通りだが、私は「きちんと残す」にみゆちゃんの強いメッセージを感じた。「私は若布、きらいなの。お母さん、残してごめんね」と。これでは怒れない。

通知簿の涼しき丸の並び方

（同前）

みそ汁の若布をきちんと残してお母さんに名句をプレゼントしたみゆちゃんは、通知簿を貰ってくるまでに成長した。残念ながら、一番いい成績のところに〇が整列、とはいかない。ところどころにぽつんと孤独な〇がある。それを「涼しき」並び方だ、と美しく表現できるお母さんって、そうはいないだろう。この句の季語は「涼し」だが、その本意をちょっとひろげたのもお手柄なのでは。

青みかん幼なじみがレジを打つ

（同前）

待ちかねた青みかん。行列に並んで、自分の番が来て、ふと見るとレジを打っているのが幼なじみだった、のだろう。「青みかん」がぱったり出会った嬉しさにぴったりだ。どこのレジかは書かれていないが、いつものスーパーでひょい、と出会ったのでも、久しぶりの故郷で、いいおばさんになって、レジを打っているのに出会ったのでもいい。読者は自由に想像して自分の幼なじみに会えばいい。

みそ汁のきちんと残された若布
ブロッコリーいい奴だけどもう会えない
鍵穴に背伸びいっぱい春の風
チョコボール空へ転がる立夏かな
譲り合う席がぽっかり神無月
冬の月鞄に水の揺れる音
沈丁花夫婦並んで歯を磨く
通知簿の涼しき丸の並び方
いやなのよあなたのその枝豆なとこ
青みかん幼なじみがレジを打つ
なかなかまど姉弟は少しずつ他人
ツナ缶を開けて春愁のようだわ
心がこわれた天道虫が飛ぶ
卵の花腐し弟を貸出中
ピーマンは出ないわメロドラマだから

SENDAN——YELLOW

ツナ缶を開けて春愁のようだわ

（同前）

ツナ缶と春愁。俗と雅の両極のような取り合わせだが、でも、どこか通底するものがあるように感じて不思議だ。ツナ缶のプルトップをプシュっと開けたとき、オイルに沈んでいるツナの感じってたしかに愁いを含んでいるように見えなくもない。「ようだわ」という、とろりとした表現が絶妙だ。

ピーマンは出ないわメロドラマだから

（「船団」一一二号　二〇一六年）

工藤さん、出色の作。こういう素材、こういう取り合わせ、これが工藤さんの真骨頂。出ないわ、というけれど、読む方はつい、ピーマンがメロドラマに出て恋をするような錯覚をしてしまう。赤や緑や黄やピーマンは多彩で形もヘンテコだ。他人の恋を潰してケロッとしている姿を想像すると、考え事も悩み事もばからしくなる。

（中原幸子）

黒田（くろだ）さつき

一九六八年神戸市生まれ。二十二歳から作句。趣味はおひるね。鳥さん、特に文鳥さんが大好き。只今、文鳥さん語勉強中。枚方市在住。

おみやげはもみじの葉っぱと足のたこ

（『桜餅となりの黄粉がちょっとつき』二〇〇五年）

関西在住の作者。紅葉の名所の京都を歩いたか、はたまた箕面の滝を歩いたか。存分に秋の行楽を楽しんだ一日の余韻をユーモラスに描いている。提示の順が俳句的でどちらも日常の実用性からは外れているものの紅葉の葉っぱはいかにも風雅。足のタコはいかにも俗物。それがあっけらかんと並べられている。紅葉の葉といわず、葉っぱとあえて幼く述べられているところもチャームポイントだ。愛嬌ある表現は、存問の俳句の大事な要素である。蛇足だが多田道太郎編集『おひるね歳時記』にこの句と私の句が取り上げられた喜びが昨日のことのように思い出される。どちらも俳句を始めて一年ほどの時のこと。

桜餅となりの黄粉がちょっとつき

（同前）

『桜餅となりの黄粉がちょっとつき』はかわいい絵本の体裁の句集である。若かりし時の作者は「俳句はお弁当箱」と言っていた。さまざまな食べ物をちょっとずつ置く幕の内弁当のようなもので、おいしく読者に食べてもらえたらいいとも。この餅の詰め方もそんな風体。ちょっと隣の黄粉がついた桜餅。それをおまけがついているように喜んで食べる気分のうれしさがほとばしっている。

秋の空男はみんな三四郎

（同前）

三四郎とは漱石の作品の主人公のような、女性を不可解ととらえナイーブな心で接する優男か。それを女性目線からからかっている感じだ。それに取り合わされた季語「秋の空」は、人口に膾炙して女心と比較されるものよりは、からりと高い青空と読みたい。作者は独特の女性的な声が魅力で披講の名人でもある。この句もからりと甘い声で読まれると魅力が数倍増す。

おみやげはもみじの葉っぱと足のたこ
桜餅となりの黄粉がちょっとつき
スプーンの裏も表も山笑う
秋の空男はみんな三四郎
朝顔の幸せ私の幸せ
伯耆大山今日の西瓜は鳥取産
大文字乳首の辺りまで火の粉
雲ひとつまた大阪に夏が来る
新緑の東洋陶磁美術館
パイナップル今カレ元彼明日カレー
くちびるを冷まして帰る星月夜
遺伝子をひとつ下さい春の雪
さくら餅葉っぱ食べる派食べない派
つくつく君つくつく君と君のつっ突く
三日月の座る枚方(ひらかた)宿(しゅく)鍵屋(かぎや)

SENDAN ——— YELLOW

朝顔の幸せ私の幸せ

（「船団」九一号　二〇一一年）

あっさりとした句で、俳句初学の人にもわかりやすい取り合わせの句である。朝顔の対比として置かれた私は、植物と対等の関係を結ぶ。それぞれの幸せの在処を言祝ぎあうかのような初秋の朝を思わせる。朝顔は得てしてその花の儚さを基底としたセンチメンタルな叙情を句にもたらす季語であるが、掲出句にはまったくその影がない。明るい朝顔、今、ここに咲くうれしい朝顔である。それは、作者と俳句の関係に等しい。

三日月の座る枚方宿鍵屋

（「船団」一一二号　二〇一七年）

京街道で淀川の船待ち宿としても栄えた枚方宿鍵屋、作者の住む界隈の歴史に思いをはせる一句。「三日月」という季語から、月待ちの気分と船待ち宿の気分とを少しオーバーラップしているようだ。河岸の町の夜空にうかぶ三日月、闇に静かに流れる漆黒の淀川。おおらかな時間を感じさせられる作者の新境地の句である。

（**塩見恵介**）

小枝恵美子（こえだえみこ）

一九五三年和歌山県生まれ。一九九三年から作句。句集に『ポケット』『ベイサイド』。他に『来山百句』（「来山を読む会」共著）。趣味はヨガとピアノ。高石市在住。

やどかり歩く太陽も歩き出す

（『ベイサイド』二〇〇九年）

関係のない太陽の移動とやどかりの歩行に、まるで太陽がやどかりに促されたかのような関連性を持ち込んだおもしろさ。宇宙を統べる太陽が、他人（？）の貝殻に依存するちっぽけな生き物に支配されたかのような見方が愉快。

この句の場合、数多の生物からやどかりをチョイスしたのが作者のセンス。それも意味性を持たれがちな「寄居虫」とせず仮名表記にしたこと。その結果、やどかりのユーモラスな動きと太陽のめぐりが呼応する浜辺の風景が現出した。そしてわたしも歩きだす……？

太陽とやどかりが〝仲間〟のようで微笑ましい。

サンフランシスコはどっち蝸牛

（「船団」一〇三号　二〇一四年）

アメリカの象徴のような地名と蝸牛。隔たりのある二物の取り合わせは「やどかり」の句に共通するが、「どっち」なのかを知ったところで永久に行きつけない蝸牛を思うと滑稽だがすこし切ない。

ちなみに蝸牛の表記は硬く無粋で、ソフトなサンフランシスコと対照的。「やどかり」の句と併せ読むと、作者の言葉選びに対する細やかな神経がうかがえる。自選十五句にはこの他、蚊、ごきぶりなどぱっとしない昆虫を素材にしたものも散見され、花が好きでピアノが趣味、少女っぽさの残る小枝さんの意外な志向に触れた気がした。

ミツカン酢ゆれて暮春の父母の家

（「船団」九四号　二〇一二年）

俳句はモノに語らせよと言われるが、中でもある時代のある暮らしを雄弁に語る商品名には力がある。その意味で、いまほど多種多様な調味料がなかった世の中で、ミツカン酢はどこの家庭にも常備されていた必需品だった（いまも

春は曙梢はキスの匂いして
シーソーに小鳥が乗って今朝の秋
推理小説りんごの芯に行き当たる
耳たぶに石けんの泡神無月
やどかり歩く太陽も歩き出す
囀りの木にふれていてがらんどう
蚊を殺す大阪湾に日が沈む
夢殿へ集団で行く烏瓜
白鳥を見にゆくときのネックレス
ぐっと青汁ひまわりの茎長い
ミツカン酢ゆれて暮春の父母の家
相性が良くてごきぶり追っかける
サンフランシスコはどっち蝸牛
乱暴な眼をしていたね青蜜柑
夕焼けて枯木は一歩前に出る

SENDAN ——— YELLOW

健在だが)。そのなじみのある商標のガラス瓶を目にすると、両親のもとで過ごした日々が甦えるのだ。「ゆれて」が惜春の思い、ひいては過ぎた時間への旧懐にも及ぶ。こうした微妙な心理をひと言で表現するミツカン酢はエライ！

ただ、この句のゆれての「て」には懐かしさを強調する効果があるが、十五句に「て」を使用した句が多いのが気になった。因果関係の要素のある「て」は句を緩める嫌いがある。

乱暴な眼をしていたね青蜜柑

(「船団」一〇八号　二〇一六年)

きっぱりとした取り合わせ句として鑑賞した。「いたね」と強く指摘したのは、挑むような視線に媚びがないことを直感したから。固くて酸っぱいけれど香り高い青蜜柑との取り合わせに作者の共感がうかがえる。

こじつけのような私見だが、小枝さんはしとやかな女性らしい第一印象に反して(失礼)〝男前〟だ。句会の進行も、さばさばと極めてクール。その、青蜜柑に通じる、甘さのない態度は信頼できる。

(内田美紗)

小西昭夫（こにしあきお）

一九五四年愛媛県生まれ。愛媛大学俳句会で俳句を始める。「子規新報」編集長、愛媛新聞文芸特集俳句選者。ここ数年、自画像を描いている。ただし、クレパス画。松山市在住。

莎逍氏は春の霰の中来たり

（『花綵列島』一九八五年）

「莎逍」は、さしょうと読む。

莎逍氏はどんな人なのだろう。

たとえば「小西氏は春の霰の中来たり」と変えてみる。とても散文的だ。古風で画数の多い「莎逍」と「霰」の字面が、莎逍氏が大柄でゴツゴツした人のような感じを与えている。莎逍、春、霰の頭韻も効果的だ。あ音が、その人の勢いを伝えている。マッチョな人なのだろうか。

実は、「莎逍」は東英幸さんのかっての俳号である。正確には東莎逍。小西さんの愛媛大学俳句会の先輩だ。

掲句、小西昭夫さんの「わたしの十五句」のなかの自信の一句のひとつ。きっと東さんに特別な思い入れがあるのだろう。それとも青春への思い入れだろうか。

続けて自信の一句のもうひとつ。

愛妻家小西昭夫氏蠅叩く

（『小西昭夫句集』二〇一〇年）

小西昭夫を、たとえばわたしの名前、松本秀一に変えてみる。六音と八音。ああ、六音の人はいいなあ、と思わず思う。「氏」が付いて七音になり、カッコよくみえる。

次に愛妻家を、恐妻家に変えてみよう。いじけ具合が半端でない。これは付きすぎ。

さらに「蠅叩く」を「蠅叩き」に変えてみる。愛妻家と蠅叩きの取り合せ。とても物騒だ。小西昭夫氏がなにをしでかすか分からない人になる。それはそれで面白いのだが。

本当に、小西昭夫氏は愛妻家だろうか。そう読み手に疑問を抱かせる句である。「蠅叩く」が呼び寄せる憤り。

頭のなかで句の作者を消して鑑賞した。作者を念頭に置けば、ややこしくなりそう。

まりちゃんもお嫁にいって蛍の夜
莎逍氏は春の霰の中来たり
満開の桜のうしろから抱けり
ひたすらに便器を磨く秋の暮
男にも乳首があって桜咲く
ビール飲む腰を痛めたペリカンと
泣きながら駱駝のわたる天の川
臆病なぼく大胆な秋の蠅
かがまりて見ても小さき菫かな
愛妻家小西昭夫氏蠅叩く
仏壇は要らぬさくらんぼがあれば
にわとりの卵あたたか春の雪
草の花大人も小さくなればいい
恥ずかしきことの数かずチューリップ
悪人の往生したる涼しさよ

SENDAN —— YELLOW

仏壇は要らぬさくらんぼがあれば　（同前）

仏壇とさくらんぼの取り合せが意表をつく。たとえコンパクトでも黒と金の荘厳さを放つ仏壇と、たとえ小さくても、口に輝くばかりの色と形を含むことができるさくらんぼ。今ある、目の前の至福。それを作者は味わいたいのだ。

恥ずかしきことの数かずチューリップ　（同前）

チューリップは俗な花だときいたことがある。そうかもしれない。思い出さなくてもいい事を思い出してしまうのが人生。勿論、恥ずかしいことも。俗は俗でいい、そういうふうに、たくさんのチューリップが花ひらく。

小西昭夫さんも還暦を過ぎた。

齢四十を過ぎた頃に知り合い、飲めば吉田拓郎がおはこで、ノリのいい歌いっぷりだった。今も『春だったね』とか、『たどり着いたらいつも雨降り』の曲を生き生きと歌っているような気がする。

（松本秀一）

土谷(つちや) 倫(りん)

一九四六年兵庫県生まれ。一九九三年から作句。気が向けば彩の良いお料理を作るのが楽しい。特にスパニッシュオムレツ、ちらしずし。伊丹市在住。

土谷倫さんは柿衞文庫也雲軒俳句塾の一期生だ。也雲軒の自由な雰囲気は句集『風のかけら』にもうかがわれ、明るく等身大の句が並ぶ。〈針箱に母の指ぬき茗荷汁〉の日常性、〈水音のほしくなる絵よクリスマス〉の感覚性、〈夏帽を飛ばしてしまう喜望峰〉の行動力と、その句の世界はさまざまな広がりをもっている。

ケータイの小窓の自由赤とんぼ

（『風のかけら』二〇〇六年）

ケータイとは携帯電話のこと。液晶画面で写真の受け渡しも簡単だ。ボタンを押せば誰にでも繋がり、画面上ではどこへも行ける。これを持って自由を謳歌している人も多いのではないだろうか。しかし、倫さんが「小窓の自由」と看破したように、実際には蔵の中で小窓を見上げている子どものようなものかもしれない。そうと知っていながら、つかの間の自由を楽しむ。同じように小さな自由を楽しんでいる赤とんぼの可憐さがいいと思った。

マンモスの全身骨格夏の星

（同前）

一万年前に絶滅したマンモスだが、その骨はあちこちから発掘されている。中に全身の骨格がそっくり残ったものもあったのだ。訪れた博物館には全身の骨格標本が展示されていた。マンモスはかつて確かにこの日本列島にも生存したのである。博物館から出ると夜空には夏の星が光っていた。マンモスの湾曲した長い牙の先にも星は光っていただろう。マンモスの全身骨格を見上げる視線が自然に夏の星に繋がっていく。すっきりとできた涼しい句だ。

秋風やこつんこつんと来るイルカ

（同前）

水族館の水槽にイルカが泳いでいるのだろう。イルカは

ねじり花かっぱえびせん開けてみる
発端は朝の玻璃戸の守宮より
ケータイの小窓の自由赤とんぼ
七月の海岸通り通り雨
戦争がこぼれてきそう赤い薔薇
マンモスの全身骨格夏の星
偏屈なコルク栓抜く十二月
秋風やこつんこつんと来るイルカ
こっそりと鰯の群れに潜り込む
百年の家は売られて柿たわわ
天高しハリヨの背に棘三本
さくらさくら風のかけらを包み込み
行く春の大樟木を抱きに行く
大樟を抱いてわたしの夏兆す
その後は雨となりたる桐の花

SENDAN —— YELLOW

愛嬌のある顔をした知恵のある動物だ。好奇心旺盛で人間と遊ぶのが好きだという。そんなイルカが近寄ってきて、硬い口吻で水槽のガラスを叩く。遊んでほしがっているのかもしれない。イルカは何度もすぐ側に来てくれるのだが、間には部厚いガラスの壁がある。越えられない壁の存在を知ってか知らずかイルカは何度も誘いに来る。無垢な者への愛おしさに溢れた句だと思う。

行く春の大樟木を抱きに行く　（同前）

人が大木を抱くのは、見上げたその木の生命力に感応してのことだろう。両手を広げて大きな木を抱くとき、自ずと胸も広がって元気をもらえるようだ。誰もがどこかで経験したそんな行為も、「抱きに行く」と言われると、立場が逆転するようで面白い。威風堂々の大樟木だって、ときどきは抱いてやらなくてはならない。そして、こんな風に抱きに行ける木があることは、きっと幸せなことだと思う。

（星野早苗）

寺田良治（てらだりょうじ）

一九三二年京都府生まれ。小学校二年の時、太平洋戦争始まる。中学一年の時、終戦。この頃投書マンガ、前衛美術活動に熱中。一九九三年定年退職後に作句開始。「青玄」入会。一九九六年「船団」入会。句集に『ぷらんくとん』『こんせんと』。句集『ぷらんくとん』は第二回雪梁舎俳句大賞受賞。

寺田良治さんは一九九三年の定年後、作句を始められた。「青玄」をへて、一九九六年以降、「船団」で活躍されている。二〇〇一年、句集『ぷらんくとん』で第二回雪梁舎俳句大賞を受賞された。二〇一五年には句集『こんせんと』を上梓されている。句集の表題『ぷらんくとん』『こんせんと』を見るだけで、寺田さんの人となりが垣間見れそうだ。プランクトン、コンセント。本来カタカナ表記される物をあえてひらがなにして、生物でも部品でもない物に、存在の意味を広げている。

春の水プランクトンがごっつんこ

（『ぷらんくとん』二〇〇一年）

プランクトンは、あなた任せに浮遊しているわけでは無く、浮上沈降を能動的にくりかえし水の流れを利用して水中に定位しているようだ。自力が働く以上、他者とごっつんこしてしまう。生態ピラミッドの下層を構成、浮遊するプランクトンに寺田さんはシンパシーを感じておられるようだが、そんな世界にもごっつんこはあるのだ。ちょっと物悲しい。

コーラ飲むがらがら蛇のようにのむ

（『こんせんと』二〇一五年）

砂漠でシッポを持ち上げ、赤ちゃんのがらがらのような音をさせ相手を威嚇する姿が直ぐに思い浮かんだ。ガラガラ蛇は南北アメリカに生息する蝮科の毒蛇だが、なぜか砂漠と結びつくのは昔見た映画の影響か。喉の乾きを抑えるため、ガラガラ蛇の様にコーラを飲む姿は可笑しくなる。

寺田さんの俳句は飛躍が大きいわけではなく、見立ても実に正当である。なのに何故か笑ってしまう。どこかでこんな経験をしたなァと考えていたら、デキシーランドジャズの演奏が聞こえてきた。額に皺をよせて聞くモダンジャズではない。陽気でそれでいて何処か哀愁を含んだデキシーランドジャズの様な寺田俳句は、諧謔に満ちていて口に出せば倍おもしろい。

囀りにきき耳たてるごはん粒
春の水プランクトンがごっつんこ
恋ポッとほうれん草の根のところ
怒るからどんどん増えるブロッコリー
穴ごとの虫が見上げる十三夜
てのひらは元あしのうら山笑う
天高し亀の子束子あおむけに
いちまいにのびる涼しさ段ボール
雪の朝おおスザンナが転んでる
コーラ飲むがらがら蛇のようにのむ
関ヶ原以来草の実くっついて
はじめに言葉それから先は蝶
目に青葉回数券のおなじ文字
百合の花きれいな喉を見せ合いぬ
長谷川君とかげのように光りなさい

SENDAN ―――― YELLOW

てのひらは元あしのうら山笑う

（『ぷらんくとん』）

人類はその昔、四足生活をしていたのだから現在手と呼ばれている部位も当然足なのだ。理に合っていて何の不思議も無い。ふと額の汗を手で拭おうとして、その事に気がつき可笑しくなった。気付かなかったが冬山は、いつしか柔らかく、艶やかさをましている。「山笑う」の季語が理屈を払拭してくれていると思う。

はじめに言葉それから先は蝶

（『こんせんと』）

寺田さんの思考を表している句かも知れない。はじめに言葉。『ヨハネによる福音書』一章一節「はじめに言葉ありき。言葉は神と共にあり、言葉は神であった」だろう。先は蝶。荘子の「胡蝶の夢」からきているに違いない。箴言ふたつを並べた俳句。他の俳句と傾向は異にするが、諧謔は生真面目からうまれるものだから、これこそ寺田さんの本性だろう。

（平井奇散人）

中原幸子

一九三八年和歌山県生まれ。一九九一年から作句。句集に『遠くの山』、『以上、西陣から』。俳句とエッセー集に『ローマの釘』船団茨木句会幹事。「なんで？」と「そうか！」が大好き。大阪府茨木市在住。

コープこうべで、中原幸子さんが開講されている「現代俳句」という通信講座を受講したことが、私の俳句生活の始まり。講座を受講しようと決心したのは、

雷雨です。以上、西陣からでした　（『以上、西陣から』二〇〇六年）

という俳句を講座紹介のチラシで見たから。というよりも、正確にいうと、俳句だとは思わず、「どうして俳句のチラシに関係のない文章が載っているのだろう」とそのわけわからなさに惹かれたから。ちなみに、俳句だと知ったのは句集『以上、西陣から』を読んだ時だった。

ちょっとずつ割り込むお尻十二月　（『遠くの山』二〇〇〇年）

滑稽で憎めない小市民を軽やかに楽しく描き出す中原さん。対象を大真面目に観察し、ストレートに表現しているからこそ、この句から共感と笑いと根底に流れる人への愛を感じるのだろう。

桜咲くそうだヤカンを買いに行こ　（同前）

これは、苦し紛れに作った句だとご本人の弁だけれど、「桜咲く」という雅と「ヤカンを買いに行こ」というあまりにも、そしてめったに起こさない日常行動との取り合わせが、ハッとする世界を作り出した。

満場ノ悪党諸君、月ガ出タ　（『以上、西陣から』）

「俳句にしてもらっていない、俳句になりたがっている言葉を俳句にしてあげたい」という思いで俳句を作り続ける中原さん。「満場ノ悪党諸君」という言葉を俳句にするために、彼女は頭をひねり続け、「もうあかんわ」と思ったあとで、「月ガ出タ」という言葉が浮かび、できたのが右の句なのだそう。きっとできた瞬間、彼女は頭の中に存在する「悪党諸君」とともに、爽快感と喜びと、そして今を生きる幸せまでをも感じたことだろう。

ちょっとずつ割り込むお尻十二月
桜咲くそうだヤカンを買いに行こ
夏みかん胸に小川がありますか
駅々はみんな当駅若葉風
雷雨です。以上、西陣からでした
ザ噴水やるときはやるときもある
満場ノ悪党諸君、月ガ出タ
ほらごらん猛暑日なんか作るから
ぬくぬくと叱られていた柿の空
シーラカンス抱きしめるしかないか、月
父はペダルだったな小鳥来たりして
あ、雪といえばりんりん鈴りんりん
カバン赤い重い会いたい雲の峰
毎日毎日毎日夏で朝ごはん
サンマ焼く後期高齢者だどうだ

SENDAN ―――――― YELLOW

ぬくぬくと叱られていた柿の空

（『ローマの釘』二〇一七年）

まだ自分が幼かった頃、あるいは若かった頃、きちんと叱ってくれる大人がいた。叱られていた自分は年齢的にも精神的にも幼すぎて気づかなかった、叱ってくれていた人の思い。叱られながら、実は、しっかりと守られていたことに気づくときには、もうすでに、自分の年齢はその人とほとんど変わらなかったり、超えていたりするのだ。「ぬくぬくと叱られていた」という涙が出そうな状況を「柿の空」があたたかく受け止めてくれる。

中原さんの句には、小難しい言葉は皆無だ。

しかし、読んだ人それぞれの心に、世界を構築させる余白と力がある。それは、彼女の句に多くある取り合わせの力なのか。そうそう、中原さんは取り合わせの力に惹かれ、長年、その研究を続けられている研究者でもある。

俳人と研究者。二足の草鞋を履く中原幸子さんは、これからも、自らワクワクしながら、俳句の可能性をどんどん広げていくことだろう。

（工藤　惠）

星野(ほしの)早苗(さなえ)

一九五六年京都市生まれ。第三回「船団賞」受賞。句集に『空のさえずる』。船団大阪句会幹事。ウェブ・ページ「e船団」にて「今週の十句」担当。イタリア好き。大阪府三島郡島本町在住。

秋の箱何でも入るが出てこない

（『空のさえずる』二〇〇〇年）

出てこない箱はもどかしい。「秋の箱」は抽象的であるが、他の季節の箱ではどうも据わりが悪い。季語「秋」の本意である豊かさや澄明さが醸し出すプラスの何でも入る箱。しかし、句の着地点はマイナスとも取れる状況だ。その意外な展開に惹かれた。そこに小さい秋ではなく、小さな屈折を感じる。少し深読みが過ぎた。出てこないものは出てこないのだ。受け入れたらいいだけのことである。

句集『空のさえずる』（蝸牛社刊）は、船団の若手句集シリーズの一冊である。これについては津田さんの項で触れているのでここでは省く。当時、船団にまだ加入していなかったので、星野さんとは面識がなく、彼女の俳句も知らなかった。句集はその頃行っていた俳句教室の講師の坪内稔典さんから頂いた。星野さんは同世代だが、自分と違う文語表記の引き締まった文体で手堅い作風だと思った。

ポケットの団栗といふ忘れ方

（「船団」六一号　二〇〇四年）

忘れ方にもいろいろある。ポケットに団栗を入れたままだったことを忘れるなんてかわいい感じがする。星野さんの本領である意外性のある句だ。

手を入れてホルンの中の春の闇

（「船団」七三号　二〇〇七年）

ホルンの俳句はよく見かける。多くはホルンの音色云々が前面に出てくる。しかし、この句は「手を入れて」から始まる。ホルンを吹くときに手を入れるのは音の調整のためだが、春の闇そのものを文字通り手探りしているかのようだ。季語「春の闇」で、暗いけれども柔らかさと春の情感があふれ出してくる。心引かれる。文語表記の星野さんの俳句はもちろんいいが、口語の味わいも親しみが湧く。

噴水を見張るに少し疲れたる
秋の箱何でも入るが出てこない
人間の道はここまで曼殊沙華
大根の透き通るまで悔やみたる
ポケットの団栗といふ忘れ方
老人が海からあがる烏瓜
土砂降りの中を父来る祭かな
手を入れてホルンの中の春の闇
種蒔きのあと一寸押す春の月
人は尾を失ひて立つ捕虫網
山眠るここから先は火の仕事
白靴を汚すと決めて汚しけり
いつか着くはずの晩夏の広場かな
主らし燕を抱いて出て来たる
芋植うるブルカの人も私も

SENDAN ——— YELLOW

人は尾を失ひて立つ捕虫網

（「船団」九六号　二〇一三年）

昆虫にはない尾と、昔はあったが進化の過程で失くしたヒトの尾との対照が印象的だ。情景としては、目の前の網で虫を捕っている少年がいる。空を仰ぐように立っている。何もごちゃごちゃ言わない。季語「捕虫網」だけをぽんと置いて終わるのがいい。

白靴を汚すと決めて汚しけり

（「船団」九九号　二〇一三年）

夏の季語「白靴」は清清しい感じがある。決心せずとも白い靴は汚れやすいが、あえて何かを覚悟して汚すのは一種の解放感と潔さがある。

星野さんとは主に船団北摂句会と初期の俳文の会で顔を合わせることが多かった。彼女の選評は丁寧だ。あるとき、句会後の飲み会で「俳句は敷居が高くない。誰でも作れて楽しめる」と彼女は言った。

（児玉硝子）

宮嵜　亀（みやざき　ひさし）

一九三九年大阪府生まれ。一九九三年から作句。句集『未来書房』俳文集『ZIGZAG』。趣味夜釣り、ハイキング。大阪府高槻市在住。

雪嶺やゆっくりと来る村のバス

（『ZIGZAG』二〇一〇年）

宮嵜亀の空間はここちよい。そこに入り込んで立っていたくなる。例えばこの句。雪嶺が停留所に立っている私に、大きくゆっくりと迫ってくるようだ。そんな雪嶺を背景に村のレトロなバスもゆっくりとこちらにやってくるのだ。

春愁や大旋回のグライダー

（『未来書房』二〇〇三年）

もそうだ。春愁の世界の底に、春愁にひたりながらメランコリックに立っていたくなる。そんな私の頭上を大きく旋回するグライダーがいる。そのグライダーも春愁の世界を物憂くゆっくりと大きな円を描いて旋回しているのだ。

そのゆっくり感は、本来超高速で進行しているはずの「そのウラン」、ウラン235の核分裂にも伝染している。なぜか宮嵜亀の世界ではゆっくりだ。十月二十三日のおめでたい化学の日も休まず焦らず急がずマイペースで続いている。

そのウラン分裂つづく化学の日

（「船団」一〇四号、二〇一五年）

その原子炉と地続きの国道では、釣人が日がな一日釣りを楽しむために釣り場へとのんびりゆっくり歩いて行く。

国道を釣人歩く日永かな

（『未来書房』）

このように、宮嵜亀の世界は、何ごともまことに平和でゆっくりしているが、そこに住む猫も同様である。

柿若葉鏡に猫のもどりけり

（「船団」七九号、二〇〇八年）

みずみずしい初夏の柿若葉の映る柿若葉ぎっしりの鏡の世界に、猫は、外の世界にあきたのか、さりげなく戻って来たのであった。戻ったと思ったら、すでに猫は、黄緑色のうっそうとした鏡の中で、身も心も預けてまるくなっていた。思えばシュールな句である。そういえば、

国道を釣人歩く日永かな
春愁や大旋回のグライダー
石垣を蛇這い翻訳すすみゆく
草の穂の尾根に吹かるる一つかみ
極月の波止に巻貝洗われる
イーゼルの脚の三角冴え返る
釣りあげてべらと一緒にひらひらす
赤まんま里にすたれぬ小道あり
雪嶺やゆっくりと来る村のバス
新緑の中の吊り橋電話鳴る
柿若葉鏡に猫のもどりけり
おっとりと少女の奇問水仙花
父と子の鱒釣る誰も来ない谷
そのウラン分裂つづく化学の日
締め切りとっくに過ぎた仔馬が跳ねた

SENDAN —— YELLOW

石垣を蛇這い翻訳すすみゆく

（『未来書房』）

という句もそうである。石垣を蛇がゆっくり這ってすすんでいくイメージと、翻訳がなめらかにすすんでいくイメージとが重ね合わされている。アルファベットが蛇か、蛇がアルファベットか、翻訳中のこの人物には見分けがつかなくなっているに違いない。宮嵜亀の俳句は、本当はシュールなのかもしれない。

釣りあげてべらと一緒にひらひらす

（『ＺＩＧＺＡＧ』二〇一〇年）

いったい釣りあげてからべらと一緒にひらひらするものは何か。竿か？　手か？　舌か？　書かれていないのでそれはわからない。しかし、何度もこの句を読んでいると、べらと一緒にひらひらしているものは、我々には見えない不思議な何かであるように思われてくるから不思議である。

かくして、宮嵜亀俳句の不思議さに到達したのだが、実際の宮嵜亀も不思議な人である。

（**武馬久仁裕**）

連宏子（むらじ ひろこ）

一九二八年神戸市生まれ。二〇〇二年、「MICOAISA」「船団」入会。二〇〇三年、第一句集『揺れる』。趣味は、料理とピアノ。京都市在住。

俳句して足る一日よ柿熟れる

（「船団」一〇五号　二〇一五年）

「足る」という言葉をこれだけ輝かせた俳句を見たことがない。「柿熟れる」の季語がつくづく利いていると思う。この句を見て、作者が一九二八年生まれだという情報は必要だろうか。この句の新しさは「俳句して」である。「俳句する」とは、俳句を詠むだけでも読むだけでもなく、選句したり意見を交換したりということすべてがあてはまる。作者はそれを心得たうえで「俳句する」を選んだ。その満ち足りた時間と同じ時間に柿は熟れてゆく。

つながれて出てくるティッシュ花曇

（『揺れる』二〇〇三年）

季語を選択する目の確かさを思う。曇り空は絵の背景となり、ティッシュをより白くキラキラと光らせる。この景色、まるで桜の花びらがマジシャンの手によりティッシュに化けたような。それはまたその後白鳩に生まれ変わるのかもしれない。洋館の二階の小窓に頬杖をついた女がいる。その女のアンニュイは、花曇とティッシュの組み合わせにより空へ向かってますます続く。

木の芽雨ローランサンといる茶房
追いついてパラソルの影重ねけり

（同前）

この二句のように、第一句集『揺れる』にはあかぬけた句が並ぶ。京都の俳句グループ「MICOAISA」ではイベントの時の挨拶のうまさに「会長」と呼ばれている。どのような場所にもオーダーメードの服を着てゆったりとにこやかに現れる。ブローチやネックレス、スカーフなどすべてTPOに応じてコーディネートし、おもむろに発するあいさつは季節のこと、感謝など的を射てとても短い。連さんのような俳句歴、生活歴でこれだけの素敵な短いあ

ウイーンより「青きドナウ」よ年あらた
一族は三角の顎七日粥
老犬の目玉を洗う余寒かな
早春に買う水色の旅鞄
横浜を行くスカーフのシャネルゆく
初蝶や口にほり込む昔菓子
木の芽雨ローランサンといる茶房
菫咲くひとりの午後の長電話
つながれて出てくるテイッシュ花曇
ブティックはちょっと見るだけ街若葉
追いついてパラソルの影重ねけり
夕風に揺れるわたしと紫蘇の実と
銀の匙銀の音して秋の宵
筍と若布のたいたん君待つ日
俳句して足る一日よ柿熟れる

SENDAN——YELLOW

いさつはめずらしい。これは俳句の選評をするときも同じだ。とても簡潔。挨拶だけでなく料理、ピアノなど得意なもの多数。特筆すべきは、いやこのような生きのいい高齢者には多くいるのかもしれないが、連さんは若い男性、カッコイイ男性が大好きだ。アナウンサーや野球選手、人気アイドルグループ「嵐」の中にもご贔屓がいる。

ブティックはちょっと見るだけ柿若葉　（同前）

この「ちょっと見るだけ」がとてもいい。私なら、「ちょっと見るだけ」は、買えないので冷やかしに入るだけという場合。連さんはそうではない。連さんは既製服を買わない。ブティックに入ってあれやこれやとながめ、きっと感性をみがく。そしてまた颯爽と柿若葉の街を行く。そしてまた別のブティックに入る。また感性をみがく。地に足の着いた、しかし軽やかな生き方である。この句の「ちょっと見るだけ」の理由はどのようなものでも良い。読後、街の柿若葉の少しモダンな風がさっと通り過ぎるはず。

連宏子は「船団」きってのモダン俳人だ。　**（小西雅子）**

芳野ヒロユキ

一九六四年静岡県生まれ。一九八七年作句開始。二〇一六年四月、第一句集『ペンギンと桜』刊行。船団静岡句会幹事。「文芸静岡」会員。趣味は俳句と日本酒。静岡県磐田市在住。

私は下戸なのに若い頃からノンベエといっぱいつきあってきたので、酒好きかそうでないかを見分ける自信がある。私の眼力からすると、芳野さんはかなりのノンベエである。それも酒癖が悪いノンベエではなく、番茶を啜るように穏やかに酒を飲み、のんびり話をする人なのだ。ところが、芳野さんの作る句は、人柄と同じように穏やかそうに見えて過激なのだ。

カタバミは山崎自転車屋のおやじ

（『ペンギンと桜』二〇一六年）

芳野さんは、雑草のカタバミに喩えて、逞しくがっつり生きている山崎自転車屋のおやじを表現したかった訳ではない。カタバミは何の喩えにもなっていない。「カタバミ」にも「山崎自転車屋のおやじ」にも、芳野さんは思い入れはない。カタバミと山崎自転車のおやじの言葉の組み合わせの面白さを発見して、「カタバミ」と「山崎自転車屋のおやじ」の言葉を、読者に何の疑いも持たさずに、いち早く通過させたかったのだ。疑いを持たせない言葉の組み合わせの発見が、芳野さんの作句の原動力になっている。

八月のピカを遮るアンパンマン

（同前）

日本人なら、「八月のピカ」の言葉の重さにほとんどの人が身構えてしまうが、芳野さんは「八月のピカ」という言葉にも難なく挑んでいく。「八月のピカ」と、思いも寄らない軽い「アンパンマン」を組み合わせて、こちらが立ち止まって考えさせる暇もないスピードで、言葉を通過させる。通過した途端、あっという間にそれらの言葉は消えてゆく。いちいち立ち止まって見栄を切りながら俳句を詠んでいたら、詠み終わる前に言葉は腐ってしまうことを、芳野さんは知っている。

ペンギンと桜を足したような人

（同前）

ペンギンと桜を足したような人ってどんな人だろうか。

冬の日の回転木馬の鼻の穴

カタバミは山崎自転車屋のおやじ

蟹は食べ続ける宇宙の片隅を

伊勢海老でええかええんかええのんか

進め進めよ月光の便器まで

ちゃんちゃんこアルゼンチンチン共和国

八月のピカを遮るアンパンマン

あっはんと尺取虫とうっふんと

わたくしが雪解水とは気づくまい

五月だし通天閣でうんこする

唇首筋乳房乳首をかたつむり

毛布　的　男　荒　波　的　女

ペンギンと桜を足したような人

花鋏チューとリップに切るなんて

クラス替えなんだかみんなチンアナゴ

SENDAN ―――― YELLOW

そんな人がいるわけがない。おちょくった句だが、つくづく芳野さんは言葉の人だなあと思う。日本人の誰もが愛する桜の花が持つ抽象性や意味を、言葉のハンマーで叩き割ろうとしている。最初は立派な顔つきをしていた桜が、ペンギンと組み合わされたことで、単なる言葉として通過していく。なのに、楽しい気分が残る。これも言葉の組み合わせの勝利である。

花鋏チューとリップに切るなんて　（同前）

チューリップを「チュー」と「リップ」に切ってしまったら、言葉がバラバラになって「チューリップ」ではなくなるが、バラバラになることで新たにキスのイメージが湧く。チューリップの抒情性を剥ぎとってしまって、別のものに瞬時に置き換えていくスピード感に、五七五の無限の広がりを感じる。芳野さんの俳句は立ち止まっていない。俳句として出来上がっても新鮮な感情を読み手に残したあとは潔く霧散する。この霧散することが、今の俳句にとって過激で、かつ新しい。

（ねじめ正一）

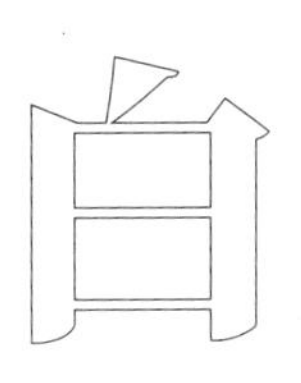

SENDAN WHITE

◉エッセイ「白をもう一度」………… ふけとしこ

池田澄子

尾上有紀子

川島由紀子

近藤千雅

須山つとむ

谷　さやん

津田このみ

中居由美

中林明美

陽山道子

藤田　俊

舩井春奈

松本秀一

三宅やよい

三好万美

藪ノ内君代

山本純子

白をもう一度

ふけとしこ

海暮れて鴨の声ほのかに白し　　芭蕉

出合ったときに驚いた一句。声が白いって？　どんな声をいうの？　と。夕方から黄昏へ、そして夜へと、海辺にいる人に刻々と暮色が増す。この句を知った頃、まだ聴覚を視覚に転じるという方法（論）などを知っているわけもなく、ただ伝わってくる寂寥感だけは残ったのだった。足下から冷えの上ってくるような感じとともに。

芭蕉には他にも〈曙や白魚白きこと一寸〉〈石山の石より白し秋の風〉など白を詠み込んだ有名な作品もあるが、私は掲句が一番好きだ。『野ざらし紀行』の旅の途中、熱田の浜で作られたという。

日暮れまで鴨のいる水辺に立っていることは私の暮らしにはなく、従って昼間の鴨達、それも餌をねだって近づくような鴨しか知らずにきた。そんなこともあって、未だにこの「ほのかに白し」を追体験することができずにいる。多分に感覚的且つ心象的なものも加わっていようから、生涯かけても私には無理だろう。同じ時間、同じ場所にいたとしても、私が白と捉えられるのは、きっと足下の砂の色とか、波の先のざわざわとした泡とか、波頭の白く見えることとか、そんなことだけだろう。

口惜しいというか、寂しいというか……。

白といえば清潔、無垢、神聖、純粋などの好印象を持たれる色だと思うが、誰にも思い入れのある白色があるのではなかろうか。私には怖ろしい白がひとつある。地蔵や石仏の白塗りの顔がそれである。信仰上のことであるとしても、白粉を使っているのか、胡粉を塗ってあるのか、ヌーッと浮かぶ顔はただ不気味で怖ろしい。あくまでも私個人の怖れなのだが。

他に思い出すことといえば、花ならばマーガレットの白い花びらだろうか。花占いのために次々とむしられて捨てられた。それも一つの花だけではなくまさに次々と、だった。小さい白だけれど、この占いを教えてくれた人の面影と共に記憶に残る。無論、私も喜々として加わっていたのだったが。虫ならば朝の戸にじっと止まっていた蛾。体は真白で脚に赤い筋模様があった。紋白蝶よりもずっと濃い白。蛾だという以外には名も解らぬ小さな生き物なのに、印象は強かった。

かなり古い話だが「谷間に三つの鐘が鳴る」という歌があった。ザ・ブラウンズが歌っていたと思うが、中学生の頃によく聞いた。あの曲中に流れる鐘の音がとても好きだった。鐘はいつ鳴る？　生まれた時、結婚の時、そして弔いの時、これがその生涯に鳴る三つの鐘だというのであった。それに倣っていえば、赤ん坊の産着も多くは白だ。花嫁衣装も基本は白。死装束も生前に自分で用意していない限りは白い物を着せられるだろう。奇しくも生涯に三度ということになる。私もあと一度は白い衣をまとうことになるはずである。

池田（いけだ）澄子（すみこ）

一九三六年鎌倉生まれ新潟育ち。八歳、父戦病死。四十歳に近く阿部完市の作を知り俳句に関心を抱く。「俳句研究・三橋敏雄特集」を読み敏雄に私淑のち師事。木彫、詩の朗読での遊び時間とれず、嗚呼。

じゃんけんで負けて蛍に生まれたの

（『空の庭』一九八八年）

それまでとは全く違う蛍。じゃんけんで生まれたのなんて軽く言う。ひらひらと舞いながら離れて光るあの蛍ならそう言いそうねとか、蛍のあの明滅は生まれ変わりのためのじゃんけんかしらとかいろいろ楽しめる。人間も含めて生まれるということの不可解さを読み取る人もあるだろう。「これらの口語の句を作り始めた時、コレは俳句じゃないと総スカンを受けそうで少し怖かったが〈コレがおスミ調〉と三橋敏雄先生は強く背を押した」と作者は「自句自解」（『シリーズ自句自解Ⅰベスト１００』）に書く。ピーマンの句とともに俳句を作っている知人も俳句に全く興味のなかった私のようなものもびっくりしたこの句は、二〇〇〇年、中学の教科書に掲載される。

口紅つかう気力体力　寒いわ

（『いつしか人に生まれて』一九九三年）

なんか気が進まないけど、出かけるんなら化粧もしないとナーなんて思う。だけど仕上げの口紅までの気力や体力を思って、ためいきのように寒いわとつぶやいている。結局はちゃんとして、出かけるのかもしれないけど。こんな隙間のような時間を句にしている。作者には、このようなふだんの生活の中の微妙なことを詠んだ句も多い。川柳の領域に近い句もある。口語体というだけでなく、表現、素材、視点など俳句の領域を広げている。

人類の旬の土偶のおっぱいよ

（『たましいの話』二〇〇五年）

人類にも旬があったんだ、ほら、土偶のおっぱいよ。見てこれよ、この時代が人類の旬なのよ。こう言っているのだろう。いままで誰も言わなかったことが不思議なくらい腑に落ちる。三つ重ねた「の」、最後の「よ」が土偶を見ている心の弾みを表している。旬をすぎて、人類はどうなったのか、これからどうなるんだろうとは、書いてないけ

じゃんけんで負けて蛍に生まれたの
ピーマン切って中を明るくしてあげた
口紅つかう気力体力　寒いわ
青嵐神社があったので拝む
前へススメ前へススミテ還ラザル
戦場に近眼鏡はいくつ飛んだ
人類の旬の土偶のおっぱいよ
人が人を愛したりして青菜に虫
先生ありがとうございました冬日ひとつ
初明り地球に人も寝て起きて
使い減りして可愛いいのち養花天
きぬかつぎ嘆いたあとのよい気持
死んでいて月下や居なくなれぬ蛇
アマリリスあしたあたしは雨でも行く
わが句あり秋の素足に似て恥ずかし

SENDAN —— WHITE

れど、今の時代をちらっと思ったりする。

死んでいて月下や居なくなれぬ蛇

（『思ってます』二〇一六年）

月下に死んだ蛇が居る。死んでいる蛇になにか感じ、居なくなれぬと書いた時、蛇と作者は一体だったのだと思う。人の内部に住むメタファーとしての蛇が居なくなれぬとも読めるが、生きているものは、死んでも月下から居なくならぬではなく、居なくなれぬという認識は、寂寥感が漂う。

アマリリスあしたあたしは雨でも行く

（同前）

アマリリスと小学生みたいなフレーズを取り合わせた句。あたしなんて言ったり、頭韻を踏んだり、あしたとあたしで言葉遊びをしたり。声に出して読むと、早口言葉みたい。呪文のように繰り返していたら、出不精もなんとかなれるのかな。第一句集のあとがきに「拙い二一四句の句集が、まだ知らぬこと、まだ知らぬ書き方に出合うための出発点になってくれることを切に願っています」と書いた作者の第六句集にある、初々しいとも感じられる俳句だ。

（香川昭子）

尾上有紀子（おのえゆきこ）

一九六四年十二月十四日播州赤穂で生まれる。一九九〇年頃から作句。句集『わがまま』。お菓子作り、ガーデニング、手芸が好き。

ゲル状の箱の中から夏を出す

（『わがまま』二〇〇〇年）

日本特有の湿度の高いまとわりつくような夏の暑さ、それが「ゲル状」という言葉によく表されている。箱の中から出てくるどろりとした夏。とても感覚的なのだが、だからこそわかるものもある。と、ここまで書いてふと思った。「ゲル状」なのは「箱」だけなのか、中から出てくるものも「ゲル状」なのか。どちらにもとれて、またそう思うと楽しい。

六月をぐっちゃぐっちゃに踏み潰す

（同前）

とても彼女らしい句だと思う。彼女とはもちろん作者である尾上有紀子さんだ。私と尾上さんは高校の時の同級生である。その頃から彼女のリーダーシップに私は全てを委ねてきたと言っても過言ではない。尾上さんの思い切りの良さは六月の梅雨のじっとりした空気をも「ぐっちゃぐっちゃに」踏み潰してしまうのだ。どちらかというとぐずぐずした性格の私は、悩んでいる時なんかは尾上さんにはっきり言って欲しいのかも知れない。高校生の頃に戻って。

わがままは気づかないふり栗ごはん

（同前）

一度でいいから思いっきりわがままを言いたいと思ってこの年まで生きてきた。もちろん全く言わなかったわけではなく、ほんの小さなわがままは聞いてもらったことはあるだろう。でもまだわがままを言い足りないのだ。全く私を含め人間とは欲張りな生き物である。

ところで、わがままにはマイナスなイメージがあるが、かわいいわがまま、許せるわがままもあると思う。栗ごはんのように一見地味だけれど、実は手間ひまかけて作られたごはんを前にしたら、わがままなんて知らん顔できるかも知れない。

粉雪や河馬の放屁はピンク色
ゲル状の箱の中から夏を出す
六月をぐっちゃぐっちゃに踏み潰す
わがままは気づかないふり栗ごはん
頬寄せてビルの谷間のねこじゃらし
告白は　右　に　投　函　春　氷
消しゴムがぐにゅっと割れて夜寒かな
ヒヤシンス下着は事前に脱いでおく
駱駝来てキャラメル風味の日向ぼこ
夏草や駅に着くたびゴリラ増え
青葉風みんながひとつはむずかしい
新発見もちきんちゃくの可能性
年の暮クッピーラムネは残念賞
劇的な恋などしない冬の薔薇
通過駅見覚えのある夾竹桃

SENDAN ―――― WHITE

駱駝来てキャラメル風味の日向ぼこ

（「船団」七九号　二〇〇八年）

この句にはいろんな仕掛けが隠されている。まず駱駝は英語で「camel」。「キャメル」と「キャラメル」、似ている。また、駱駝の色とキャラメルの色も似ている。そう考えると陽射しもどことなく似たような色に思えてくる。キャラメル風味の陽だまりにキャメルが来てのんびりしている光景もなかなか悪くない。

通過駅見覚えのある夾竹桃

（「船団」一〇三号　二〇一四年）

夾竹桃に見分けられるような特徴があるんだろうか。「見覚えがある」ということはきっとどこかで見たことのある夾竹桃なのだろう。例えば通勤電車からいつもぼんやり眺めている通過駅に、ある時はっと目を奪われるものがあるというような日常生活の一場面でありながら、それが「夾竹桃」だという事実。夾竹桃はきっと何かのメタファーに違いない。そして、私も忘れているだけでこんな体験をしていると思われる。

（内野聖子）

川島由紀子（かわしまゆきこ）

一九五二年東京都生まれ。句集『スモークツリー』。船団びわこ句会、びわ湖俳句塾の幹事。「阿波野青畝の俳句」を連載中。趣味は道草。大津市在住。

にんげんを洗って干して春一番

（『スモークツリー』二〇一〇年）

どこか不思議なところがありながら、ふっきれた気持ちのよさを感じる句である。春夏秋冬というように日本人の感覚では春がはじまりでリセットの季節。人間ではなく、にんげんと詠んだのは、より本質に迫る印象を受ける。生命体としての人間を指しているようで少々無気味でもある。身も心も否にんげんごと水でザブザブ洗い、春一番の強い風にさらし生まれ変わるのだ。

菜の花や湖底に青く魚たち

（同前）

滋賀県守山市には、カンザキハナナというまだ寒い時期に咲く菜の花畑がある。対岸の比良連峰の積雪とのコントラストが美しい。この景色を詠んだものではないだろうか。人々は「わぁー綺麗」と菜の花や琵琶湖や比良山を称賛している。しかし川島は、湖底にいる魚たちにも目をむけている。川島の目線の正体は、しんと鎮もった湖である。湖になって風景をみているのだ。湖は、目前の華やぐものと目前にはないが密やかに生を育むものを知っている。

火星の土地買う話して胡瓜もみ

（同前）

火星の土地が買えるのか。二〇一七年現在販売中止されたが、以前は買えていた。勿論地球人の勝手なお話である。例えば、気のおけない仲間の集まりの話題に「火星の土地が買えるらしいよ」なんてのぼる。「えぇー本当に」と座は盛り上がったのではないだろうか。そこには日本料理の小鉢に胡瓜もみがある。あるいは静かな家庭での夕食時、「火星を買ってみようか」等と戯れに楽しんでいるのかもしれない。そこにはやはり胡瓜もみが食膳にある。この句は、壮大なファンタジーと身近な幸せを取り合わせている。

にんげんを洗って干して春一番

きさらぎの光のティッシュつまみあげ

菜の花や湖底に青く魚たち

葦芽ぐむ圧縮ファイル解凍中

臨月の髪かきあげて枇杷熟れる

みずうみの水位上昇かたつむり

火星の土地買う話して胡瓜もみ

薔薇咲いてモアイのように空を見る

手も足も秋の帆となる湖に来て

保育器の青い光や冬至の子

セーターの村上春樹と乗る私鉄

晩秋の木に寄りかかろぶらさがろ

いつまでもけんかともだち鱧の皮

2gの青葉のことば足す葉書

人に煩悩茶碗蒸しに銀杏

SENDAN ——— WHITE

とりあわせが作意的にならず、スケールの大きな火星と胡瓜もみが馴染んでいるのは、胡瓜もみを普段からよく食卓にのせている強みであろうか。

保育器の青い光や冬至の子

（同前）

新生児黄疸治療には紫外線照射の治療を行うことがある。その情景を詠んだものか。青い光に包まれた我が子を見つめる川島がみえる。子を慈しみ、幸せを願う気持ちが込められているようだ。この句の魅力は下五の突き放した表現だろう。力強く言い切ることで、奥行きをもたらしている。

晩秋の木に寄りかかろぶらさがろ

（「船団」八八号　二〇一一年）

透き通る青い空のもとひとりで木に背中をあずける。淋しさや人恋しさがつのる。この句は日本の秋の童謡のように郷愁の念を喚起させ、思わず口ずさみたくなる力がある。「寄りかかろぶらさがろ」の畳み掛けがまるでブランコのように効果的。

（村井敦子）

近藤千雅（こんどうちが）

一九五三年大阪府生まれ。二十代から時々作句。句集に『花は葉に』。趣味はフラダンスと短歌。

若くない美人でもないたんぽぽ黄

（「船団」六一号　二〇〇一年）

「ない」のリフレーンがリズムを生み出す。「ある」よりも「ない」の表現の方がインパクトがある。そして下五の「たんぽぽ黄」に続く。小気味よく、嬉しくなる一句。

ところで、老化に抗うことを意味する言葉「アンチエイジング」。その言葉はもう使わない、と先ごろ米国の女性誌編集長が宣言した。年齢を重ねるのを否定的に捉えすぎてしまうと問題提起したのだ。美しさは若者だけのものではなく、彼女はすてきだ。と言ってみてはどうだろう、と。（二〇一七・八・二二「天声人語」の一部要約）作者は、アンチエイジングとは無縁、チャーミングな方と想像している。たとえば、そう、たんぽぽのような方。

春の朝　食後にビタミンCとキス

（「船団」八一号　二〇〇九年）

ああ、またやられた、という感じ。なんてったって、食後のビタミンCとキス。食後のビタミンCはわかる。並列にキスって？！……もう完敗です。ステキな大人の女性の必須条件は食後のビタミンCとキスなんです、みなさん。と、呼びかけたくなる。どちらも「春の朝」にふさわしい。

ところで、キスのお相手は？

台風が近づくパーマかけに行く

（「船団」一〇七号　二〇一五年）

「台風」と「パーマ」の意外な取り合わせ。面白い。屋根や窓の補強、植木、照明、食べ物などの心配は、不要。今の大事は、ヘアースタイルを決めること。不穏な雰囲気の中でのパーマは、それだけでとても冒険的。それを作者はしなやかにこなす。動詞三つは漸層法的に働き、読者をいやがうえにも台風の坩堝、興奮の渦へと巻きこんでゆく。

あんぱんを出す喫茶店町うらら
とんがった声が聞こえて春障子
若くない美人でもないたんぽぽ黄
胃カメラのスルスル進み台風来
受験生つき指をしてしまいけり
春の朝　食後にビタミンCとキス
お正月おひとりさまの男たち
ガリヴァーの足裏万緑からのぞき
マフラーはふわふわブーツはぴっちぴち
デージーやみんな先生大好きで
青葉風金環日食観測会
知覧へと父を捜しに冬銀河
花菜漬八十八年生きてきて
台風が近づくパーマかけに行く
曼珠沙華瞳の中の星三つ

SENDAN WHITE

さて、「台風」の句と言えば、〈UFOは来たらず台風もそれて　近藤たか子〉（二〇一七　八・二三「船団」ホームページ「ねんてんの今日の一句」）に載っていた。作者のお母さんの句ということだ。お二人で千里中央句会に出ておられた由。母娘で句会に出られるなんて、なんて理想的な母娘関係。

花菜漬八十八年生きてきて
（「船団」一〇六号　二〇一五年）

花菜漬は、つぼみの菜の花を塩漬けにしたもの。八十八年生きてきたのは、お母さんのたか子さんのことだろう。薄黄緑の葉に黄の蕾がぽっと混じる花菜漬が美味しそう！

これらの句からお二人の共通点は黄色。たんぽぽと菜の花。お二人は、光の黄色をまとっておられるようだ。

そんな作者は吹田東高校を俳句甲子園（二〇〇二年第五回）の優勝へと導いた立役者でもある。そして彼女の趣味の一つにフラダンスがある。いつか、手解きをお願いできれば嬉しく。

（村上栄子）

須山（すやま）つとむ

一九四〇年京都市生まれ。船団会員歴二〇年。句集に『ダリの椅子』。北摂の妙見山の麓に住み、時には高い山にも登るが、普段は近場の低い山を歩き回っている。

須山さんの句を大正時代の透明ガラスのように少し波打った私のフィルターを通して鑑賞してみる。

入り口に星の来ている肩の小屋

（『ダリの椅子』二〇〇四年）

そこは信州の美ヶ原のような高原。片隅にある山小屋の入り口へ夜空から星が降るようにやってきている。それは流れ星なのか、それとも星座の一つなのか、言えるのは間違いなく幸せをもたらす星なのだ。山小屋の窓の灯りまでが想像できる。山好きで自然を愛する人でなければ切り取ることの出来ない情景だ。

階段を柿のころがる診療所

（同前）

この句は楽しい。作者の朗らかな人柄がうかがえる。実際に柿が階段をころがって動いているのだ。思わず寅さんの映画を連想する。秋空のさわやかな日、診療所の先生に庭で取れた柿を届けようとする若い婦人。階段の途中で柿を落としてしまう。転げ落ちる柿。それをひょいと拾う寅さん。なんかまた寅さんの切ない恋が始まりそうだ。

百舌の鳴き方チーズの青い汚れかた

（「船団」八〇号　二〇〇九年）

百舌の規則性の無い鳴き方とチーズの青黴の変則的なつきかたをうまく取り合わせている。チーズの青黴はチーズ好きにとってはたまらないもの。あえて「汚れ」としたのはパラドックス。百舌の鳴き方と取り合わせたことで、その汚れかたが逆に旨味を増している。また「方」と「かた」の使い分けがうまい。この句では京都生まれ京都育ちの作者に潜在する京都人特有の複雑な心の動きが出ているような気がする。

新豆腐壁にピカソの泣く女

（「船団」一〇〇号　二〇一四年）

取り合わせの妙。「泣く女」はピカソをめぐる女達の心の葛藤をピカソ自身のものとして表現した作品。新豆腐を

入り口に星の来ている肩の小屋
恋人よパンパグラスを駆け抜けて
六月のトランペットと国をたつ
椎拾う蛤御門のおまわりさん
月光降り神父のシャドーボクシング
階段を柿のころがる診療所
ラディッシュ噛む伯父の話に初恋も
バッタとぶ今日マルの日かバツの日か
百舌の鳴き方チーズの青い汚れかた
空き缶に滞空時間夏きざす
からっぽのぽのぬくもりを梟と
新豆腐壁にピカソの泣く女
カンナ黄にさっと裸身がカーテンが
目ぐすりの青い一滴木の根開く
帰ったら金魚がいない芒原

SENDAN — WHITE

食べているのはモテモテの男。しかし、その男は周りにいる女達の心の葛藤など意に介することなく、実に美味そうに新豆腐を食べている。たまたま壁に掛かっていたピカソの「泣く女」の悲痛な表情がなぜかばかばかしく思えてしまうほどだ。そのギャップが面白い。この句は須山さんの取り合わせの句の中でも、新豆腐と泣く女の絵がどう結びつくのか、どう鑑賞すればよいのか謎のようなところがあり、かえってそれが想像を呼び魅力的だ。

帰ったら金魚がいない芒原

（「船団」一一二号　二〇一七年）

生き物を飼うとついつい情が移る。金魚も同じ。金魚に名前をつけたりする。いつの間にか一匹になってしまった金魚。ある日仕事から帰ると金魚がいない。勢いあまって飛び出したのか、なぜか金魚鉢の横で金魚が死に絶えている。何事も無かったかのように金魚鉢は水を湛えている。家族の一員のようにしていた金魚を失ったことで、住みなれたその部屋がまるで茫漠たる芒原のように見えてしまう。親しくしていたものが死ぬ、あるいは突然いなくなる悲しさ寂しさを感じさせる句だ。

（長谷川　博）

谷（たに） さやん

一九五八年愛媛県生まれ。一九九六年から作句。第一句集『逢ひに行く』で、宗左近俳句大賞受賞。評伝『芝不器男への旅』で鬣TATEGAMI俳句賞受賞。共著に『芝不器男百句』。楽しみは、夕暮れの散歩。松山市在住。

夜をかけてわたしを運ぶ船に雪

（『逢ひに行く』二〇〇六年）

フェリーに乗って最長五時間の旅をしたことはあるけど一夜をかけて海を渡ったことはない。掲載句のようにちらちらと雪を見上げながらゆっくりと航路を進むのはとてもステキに思える。

降って来る雪を見上げると自分の身体がどんどん空に吸い上げられてゆく気分になる。海原をゆく船と空から降ってくる雪のちょうど交わるところに「わたし」がいるのだ。ゆっくりと運ばれてゆく「わたし」を基点に時間と空間ともにおおきな世界を感じさせてくれる句。

団栗と貝殻団栗と拳銃

（「船団」一一二号　二〇一七年）

団栗はひらがなで表記されるのと漢字で書かれるのとずいぶん印象がちがう。秋も深まって、散歩の道に落ちている団栗を拾うのは何気ない動作だけど、拾った団栗をみなさんどうしてるのだろう。本棚やタンスの隅に置かれたまま埃をかぶって忘れられてしまうことも多い。夏の浜辺で拾ってきた貝殻もそんな仲間かもしれない。

団栗と貝殻は素性も質感も似てるけど、団栗と拳銃にはどきっとした。団栗と並べてひょいと置いてあるにしては過激すぎないか。だけどちょっと不思議で気になるこの並び。団栗と貝殻団栗と拳銃。何度か呟いているうちに覚えてしまった。これはもうさやんさんの術中にはまっているのかもしれない。

木枯一号鉄棒を置いて行く

（「船団」一〇八号　二〇一六年）

最初に船団の会員作品で読んだときからとても好きな句。がらんとした運動場の端っこに並んでいる鉄棒。昼休みだって人気がなくって、子供たちが喜んで遊ぶ姿をあまり見

セーターに軀をしまふ月夜かな
露草のホントは白といふ秘密
牡丹まであと二駅といふところ
夜をかけてわたしを運ぶ船に雪
わたくしも本もうつぶせ春の暮
生ビール喉のかたちに流し込む
棒アイス舐めて鴉を従えて
梅雨の窓三角形になりたがる
黒葡萄濡れる憲法九条も
木枯一号鉄棒を置いて行く
福引の白が気の毒そうに出る
蜂の巣の今後岸辺にたたずんで
膝に傷渡船に夏の波がしら
雲が湧く揚羽もわれも可燃性
団栗と貝殻団栗と拳銃

SENDAN — WHITE

かけない。なにもない公園や運動場に約束されたようにある鉄棒なんて気にしたこともなかった。吹き抜けてゆく木枯らしが、ほかのものをかっさらってゆくのに鉄棒だけは置いていった。その発想が面白い。「ああ、かわいそうにお前だけ置いていかれたんだね」とにわかに存在感を増した鉄棒に声をかけてやりたくなった。

さやんさんといつ出会ったのかよく覚えていない。年に一回の初夏の集いで顔を合わすうち何となく話すようになったのだろう。私は「船団」に入って二十年になるけどさやんさんと会った回数はそれより少ないかもしれない。そんな短い付き合いだけど〈朝桜小さく犬に吠えかへす〉の句の通り、さやんさんはとてもチャーミング。さやんさんの手にかかると犬や花や人がとても懐かしく愛おしく思える。さやんさんの柔らかなこころで書かれた俳句や文章は読み手をほんわかさせてくれるのだ。充実した年月を重ねてゆくさやんさんの俳句をますます楽しみにしている。

（三宅やよい）

津田（つだ）このみ

一九六八年大阪府生まれ。一九九六年から作句。句集に『月ひとしずく』。二〇〇五年松本市に転居後「里」参加。和風ヨガの講師で小銭を得、時にフラダンスに興ずる。

津田さんとはカルチャーの俳句教室で一緒だった。句会は共にしたが、個人的にはそれほど俳句についてお話をしたことはなかった。ただ一つ、忘れられない思い出がある。それは教室の秋の吟行での「競吟」だ。席題は会場のホテルの部屋から見えるもの、想像するもの、制限時間は三十分、とにかく作る。津田さんは六十四句でダントツ一位だった。多作のコツはあるのだろうか。その競吟のとき、津田さんの隣の席の俳句仲間によると、例えば上五の季語、あるいは一つのフレーズでどんどん連想していき、幾つか連作しながら少しずつ言葉を変えて作品を展開していくような作り方だったそうだ。

さくらさくらこどもは頭から歩く　（『月ひとしずく』一九九九年）

「さくらさくら」のリフレインが心地よい。サラサラとした軽やかさ、と同時に豊かな落花の景が見える。その中を突っ込むようにずんずん歩く子ども。頭から歩く子どもは圧倒的に頭だけになっており、桜に引き付けられる様子がよくわかる。桜の吸引力と子どもの生命力が相まっての桜の風景である。

逆立ちをして春愁の血を正す　（同前）

春愁のつかみどころのない憂鬱な気分を振り払うためには逆立ちは有効だ。まさしく血を正すのだ。

この二句が収められている句集『月ひとしずく』（蝸牛社刊）は一九九九年～二〇〇〇年にかけて出版された「句集コレクション7つの帆」シリーズの一冊である。「船団」の新進気鋭の若手七人による第一句集シリーズだ。二十代の津田さんの新鮮な初期の作品が並んでいる。句集のプロフィールには句作開始が一九九六年とあるから、たった四年足らずである。一度にたくさん連想して作るやり方、一

さくらさくらこどもは頭から歩く
逆立ちをして春愁の血を正す
青梅の空気きれいにするちから
薄原二つに割って男来る
霜月の帆船自分の位置がわからない
夜のプール体に水が浸入す
恋人をよじ登りたる蟻ひとつ
睾丸も地球もきゅっと霜の朝
三月の船につい つい手を振りぬ
木星から届く露草便りかな
丹田に春の満月収めたる
筍飯そして全員寝入るかな
野分あとわが足指のよくひらく
ほうとうを食べて解散春の旅
半裸のような全裸のような雪解川

SENDAN — WHITE

句が次の一句を呼び込み、滑らかに次々に転がっていく。やはり多作の人だ。

恋人をよじ登りたる蟻ひとつ
(「船団」六三号 二〇〇四年)

蟻に嫉妬している。蟻が大きく見える。蟻になりたい私がいる。このあと、このカップルはどうなっていくのか、勝手に物語が作れる。

睾丸も地球もきゅっと霜の朝
(「船団」六五号 二〇〇五年)

半裸のような全裸のような雪解川
(「船団」一〇六号 二〇一五年)

津田さんは時々、ハッとする言葉を何気なく使う。それがまたよくハマる。一句目は睾丸と地球が並列に置かれているところがおかしくて面白い。霜が降りた寒い朝に身も心も縮む感じが思い切りよく地球サイズだ。二句目の「半裸と全裸」。増水した川の様があっけらかんと表現されている。

(児玉硝子)

中居（なかい）由美（ゆみ）

一九五八年愛媛県生まれ。一九九一年より作句開始。句集に『白鳥クラブ』、共編著に『漱石・松山百句』がある。船団松山句会。趣味は水泳。泳ぐ時の無心と泳ぎの後の爽快感が好き。松山市在住。

桜東風おがくず山のよく匂う

（『白鳥クラブ』二〇〇九年）

この句は『白鳥クラブ』の第一句目に置かれた句だが、ぼくにも思い出の句である。二〇〇二年二月九日、鳥取からの公開「BS俳句王国」に由美さんと一緒に出演した。主宰は坪内稔典さん。前日に天の真名井を吟行したとき、雪の大山が実に美しく見えた。当日句会の一句は吟行句、一句は兼題句だったが、その兼題が「桜東風」だった。由美さんとはそれまでも顔見知りではあったが、親しくお話する様になったのはこの時からである。この句は「桜東風」と「おがくず山」の大胆で新鮮な取り合わせが魅力的であり、俳人中居由美さんに注目するきっかけになった。まだ、由美さんが「船団」に入会する前のことである。

草餅をひょいと置きたる本の上

（同前）

由美さんの俳句の特徴は難しい言葉を使わないことである。そして、実に軽やかである。おそらく、屋内の本の上に草餅を置いたのだろうが、「ひょいと」という軽やかな言葉に屋外のような気分にさせられる。「ひょいと」の効果は草餅にもおよび、草が増幅して、まるで草原に寝転がって本を読んでいるような気分にさせられるのである。

今日虹を見たこと草を踏んだこと

（同前）

この句にも難しい言葉は全く使われていない。そして軽やか。九、八の句またがりであるが、上句、下句の語尾で「こと」のリフレインを作り、ちゃんとリズムを整えている。また、虹を見たことと草を踏んだことを並べたところに気持ちのいい意外性がある。そして、自分の思いは何も述べていないが、由美さんの今日の思いは読者に十分伝わってくる。端正といってもいい。これが由美俳句の魅力なのだ。

桜東風おがくず山のよく匂う
草餅をひょいと置きたる本の上
春愁もヤクルト一本分くらい
木の箱に木の蓋ひとつ桃の花
コノハナサクヤ三合の米を研ぐ
虹は約束雨ふり小僧やって来る
今日虹を見たこと草を踏んだこと
書庫ふかく眠る魚たち青葉雨
流星の尻尾に触れし葡萄かな
Tシャツに月の匂いを含ませて
冬の月つんとはじいてから眠る
空豆のさっき空から出たところ
まずヤフーニュースそれから木の芽風
道徳心ありあんまんに肉まんに
かまきりの膝透き通る夕月夜

SENDAN ―――― WHITE

冬の月つんとはじいてから眠る

（同前）

この句も難しい言葉を使わず、軽やかで端正である。しかし、この句の意味を探ろうとすると案外難しい。満月なのだろうが違うかもしれない。そもそも冬の月をはじくとなどあり得ない。おそらくは、心象風景なのだろうが、とてもシュールなのである。由美さんの俳句は多様である。

道徳心ありあんまんに肉まんに

（「船団」一〇一号　二〇一四年）

難しい言葉を使わず、軽やかで、端正で、シュール。それが中居由美さんの俳句の特徴であり魅力なのだが、もう一つ付け加えなければならない。それはユーモアである。昔風に滑稽といってもいいが、ユーモアである。だれが、道徳心をあんまんや肉まんに見るだろうか。しかし、突拍子もない取り合せではない。道徳心もあんまんも肉まんもぼくたちの日常の言葉なのだ。そんな日常の言葉を使いながら、新しい世界を開いていることが中居由美さんのセンスなのである。

（小西昭夫）

中林明美（なかばやしあけみ）

一九四〇年大阪府生まれ。一九九二年より朝日カルチャーセンター・千里講座「句会」受講開始。一九九四年「船団」入会。二〇〇四年句集『月への道』発行。船団北摂句会の世話役。草の花を見る。レコードを聴く。

中林明美さんは、船団北摂句会の世話役を担っている。バラエティに富んだゲスト選者、やわらかな句会運営で北摂句会はいつもにぎわっている。

山笑う駅長さんに道を聞く

（『月への道』二〇〇五年）

中林さんの俳句は、この句のように取り合わせの句が多い。難解な俳句ではなく、平明だが味わいのある日常を詠っている。さてこの「山」この「駅長さん」、俳句の舞台はどこなのか。中林さんの好きな山歩きの途中の駅であり、駅長さんなのではないだろうか。

十五句を通して読んでみると、「青田風」「桐の花」「高西風」「フェリーから」「うず潮」のようにアウトドアの気分がどの句にも満ちている。風に吹かれて自然の中にいる幸せにひたっている俳人・中林さんの姿が浮かんでくる。

「山笑う」という季語がこの句の世界を端的に示しているだろう。色彩にみちた季語を上五に置くことで、句全体が明るく、いかにも春の喜びを表現している。そして、その喜びが「駅長さんに道を聞く」という中七下五によって増幅されている。よそ行きでない気分がただよっている。これが中林明美さんの世界なのではないだろうか。

豆の花校内放送雲に乗る

（同前）

この句の場合「雲に乗る」が全体を支配していると考える。豆の花は可愛らしい俳句の材料だが、「校内放送雲に乗る」という措辞によって、豆は一気に「ジャックと豆の木」の豆に変身。勢いのある豆となっている。校内放送が天上の雲の上に届くという空想世界が広がっている。いかにも軽快な俳句だ。

菜の花をざくざくと切る朝御飯

（同前）

中林さんの句の多くは取り合わせの句のように思うが、この句は珍しく一物仕立。菜の花のお浸しなのか、それと

山笑う駅長さんに道を聞く
巻き尺を伸ばして春の風のなか
豆の花校内放送雲に乗る
青田風帽子が空に引っかかり
桐の花サドルを一寸高くして
秋の日の犀は孤独の四角です
高西風のどかんと海の青さかな
瓢簞のぶらーんと青い博物館
菜の花をざくざくと切る朝御飯
一月が行くさっくりとビスケット
顎ひげの短く若く京の夏
日銀をでてくる鮑蟬時雨
フェリーから見えて大きな干し布団
帽子押さえて渦潮のうずの上
うず潮やカシャッと音がするカメラ

SENDAN ―――― WHITE

も味噌汁なのか。あるいは花菜漬けか。ざくざくと切られているのは花菜漬のように思えてならない。手間をかけてつくられた菜の花のお漬物を「ざくざくと切る」花菜漬を食する朝御飯の気分が表現されている。読み手は「ざくざく」というオノマトペに導かれ、中林さんの朝御飯の喜びに引き込まれてしまう。

顎ひげの短く若く京の夏

（「船団」一〇三号　二〇一四年）

「顎ひげの短く若い」男へのまなざしが「京の夏」に支えられて、きりりとした一句となっている。祇園祭の引手なのか、あるいは観客なのか。顎ひげの短く若い男を好ましく思う作者の姿がくっきりと浮かぶ。

日銀をでてくる鮑蟬時雨

（「船団」一〇四号　二〇一五年）

「顎ひげ」の句の「短く」「若く」は、具体的なようで抽象的。どちらかといえば象徴的。「日銀」の句も、「日銀」「鮑」という象徴的な言葉が季語「蟬時雨」とぶつかり、軽い諧謔が生まれている。『月への道』から一歩踏み出したように思える。

（甲斐いちびん）

陽山道子（ひやまみちこ）

一九四四年愛媛県生まれ。二〇〇二年から句作。句集『おーい雲』、俳句とエッセー集『犬のいた日』。船団の会の事務全般を担当。草や木、花を育て動物も。歩くこととドライブも好む。大阪府箕面市在住。

青葉風屋根の大きな家を買う

（『おーい雲』二〇一二年）

青葉風が吹いて気持ちのいい季節である。そういう時、屋根の大きな家を買う、というのである。

「大きな家」の広い部屋では、家族が団欒したり、友達が大勢集まって楽しく過ごすだろう。とても明るく幸せな光景だと思う。ところで作者は、単に大きな家ではなく「大きな屋根」にこだわっている。「大きな屋根」の下にはきっと縁側があるだろう。私の育った田舎ではたいてい縁側があった。青葉風が吹きぬけ解放感あふれるそこは、子供たちの遊び場であり、隣近所の人達との気楽なおしゃべりの場だった。ともあれこの句は、読む者に「大屋根」の下の景を自由に想像させてくれるのだ。

ときどきはみんな集まれ大西瓜

（同前）

大きな西瓜を用意したお母さんが、独立して出て行った子供やその家族に向かって、大西瓜があるからみんなで食べよう、集まっておいでと呼びかけているのである。

近頃は、冷やした西瓜を丸ごと切って家族みんなでかぶりつくなどということは、お盆の帰省時でもないかぎり出来なくなった。だから、ちょっと切ないけれども「ときどきは」なのだろう。むろん呼びかける相手は家族とは限らない。普段はなかなか会えない友達だっていい。それはともかく、呼びかけている人物は元気いっぱいの肝っ玉かあさん的人物であろうし、そこには「船団の会」の事務全体を取りしきる作者の姿が投影されていると思う。呼びかけられた人達はきっと笑顔で集まってくることだろう。

リビングの真ん中通る海鼠かな

（同前）

リビングの真ん中を海鼠が通っているのである。素直に読めば、料理した海鼠を器に盛って食卓かどこかへ運んでいる、ということなのだろう。あるいはホームパーティー

居住まいを正して今日の桜かな
緑雨です地図を広げて午後になる
青葉風屋根の大きな家を買う
散らばって増える家族や雲の峰
ときどきはみんな集まれ大西瓜
あのころへ行こうサイダーのシュワッシュワ
おーい雲一生いっしょ牛膝
リビングの真ん中通る海鼠かな
揚げひばり今日は家族を置いてきて
春野ですあの人この人遅刻です
さくら咲くジャコ天齧るわたしたち
愛されて冷たくされてプチトマト
あの土手は友情だった花火の夜
仲直りしようかスダチ絞ろうか
ダンボール叩けばへこむ冬が来て

SENDAN ―――― WHITE

でも開かれていて、呑兵衛の客に出すのかもしれない。
ただこの句、文字通りに解釈したら、なかなかシュールな世界が開く。リビングの絨緞かフローリングの上を、形は円筒状、腹面に運動器官として管足を持った、前後がはっきりしない海鼠がゆるゆると通っていく、という様を想像すると、なんとも滑稽だし、ちょっと怖くもある。この海鼠、いったいどこを目指しているのだろう。
平明で親しみやすい世界を描くことが多い作者としては珍しい句である。海鼠は古来、俳人たちに愛されてきた。作者も訳の分らなさを秘める海鼠に惹かれたのだろうか。

仲直りしようかスダチ絞ろうか

（『犬のいた日』二〇一七年）

喧嘩をした後、仲直りしようかなあ、もう少し時間をおくかなあ、といった句である。この喧嘩は夫婦喧嘩とみるのがわかりやすい。次の展開が、「スダチ」だからである。食事の準備でスダチを絞っているうちに、その香りに包まれて作者は心穏やかになり、仲直りの言葉をかけられるかもしれない。スダチの香にはそういう力があるのだ。

（水上博子）

藤田（ふじた）俊（しゅん）

一九八〇年愛媛県生まれ。二十代半ばから作句。船団宝塚句会は徒歩圏内。第五回船団賞受賞。『関西俳句なう』、『坪内稔典百句』に参加。音楽を聴くのが好きで、配信、レコード、ライブと様々な形で楽しむ。

枇杷落ちて枇杷の木という近所あり

（「船団」九八号　二〇一三年）

この「枇杷」は、もちろん枇杷の実。初夏のある日、近所を歩いていると、枇杷の実が落ちている。視線を中空に移すと、そこには「枇杷の木」がある。こんな所に「枇杷の木」が、そして「枇杷の木」と名づけてもいい「近所」があったのだ。この句の眼目は、「枇杷」でもなく「枇杷の木」でもなく「枇杷の木という近所」。「枇杷の木という近所」の固有性の発見にこの句の面白さがある。ところで、この句に見られるような同語反復は俳句において特段、珍しい表現ではない。飯田龍太の代表句とされる〈一月の川一月の谷の中〉もその一つ。同語反復はシンプルで力強いリズムを生み出す反面、当たり前のことを詠んでいるという印象を喚起しかねない。そこで俳人は何らかの配慮を施し、句の独自性を示そうとする。飯田龍太は、一年の始まりである「一月」に「川」と「谷」という大自然をそのまま配置し、新年ならではの荘厳さ、自然の壮大さ、奥行きを導き出している。一方、藤田は「枇杷」という語を反復させ、そこから「近所」という小さな世界への通路を見出すように組み立てている。藤田のこうした世界への関心は、次の句などにも見られる。

夏風邪を海洋図鑑広げつつ
枯野から町内地図のあるところ

（「船団」九八号　二〇一三年）

これらは「枇杷」の句と同時期に発表された句である。「夏風邪」の句には大海原を連想させる「海洋」という語が用いられているのだが、藤田はそれを「図鑑」の世界に回収してしまう。また「枯野」の句で、藤田は広がる「枯野」のイメージを「町内地図」の世界へと移送してしまうのだ。藤田はやはり、小さな場所に向かおうとしている。

枇杷落ちて枇杷の木という近所あり

夏風邪を海洋図鑑広げつつ

枯野から町内地図のあるところ

冬青空担架で運ばれる係

マキャベリに傾倒しない春キャベツ

アナーキーインザUK宝船

鍋敷のコルク何度も嗅いでおり

キャベジンや春の夜に浮く観覧車

全マンガ分の吹き出し夏の空

しめじ乗せコンバーチブル西へ行く

虫の夜のじっとしているショベルカー

卒業は信号待ちの多い日で

春泥に戦車の跡がだらだらと

品格と蛸に書かせているところ

聴診器ずっと若布に当てている

SENDAN —— WHITE

マキャベリに傾倒しない春キャベツ　（同前）

藤田の視線は、近代政治学の祖「マキャベリ」にではなく、近くにある「春キャベツ」に注がれている。もっともこの句の場合、そうしたことよりも「マキャベリ」と「春キャベツ」に通じる「キャベ」という音の類似性に着目したと見るべきだろう。伝統的な和語にはなさそうな「キャベ」という音を俳句という小さな箱の中に閉じ込めたところに、この句の面白さがありそうだ。

キャベジンや春の夜に浮く観覧車

（『関西俳句なう』二〇一五年）

ここにも「キャベ」がある。「キャベジン」が、なぜ「観覧車」と取り合わせられているのか、厳密にはわからない。ただ、個人使用を前提とした胃腸薬「キャベジン」のイメージから導かれる「観覧車」は観覧車全体ではなく、そこにいくつもぶら下がっているゴンドラの一つだろう。「キャベ」の音感の楽しさと「キャベジン」から連想される観覧車のゴンドラ。ここにも小さな世界が読み取れないだろうか。

（若林武史）

船井春奈（ふないはるな）

一九八〇年徳島県生まれ。二〇〇七年から作句。俳句の鑑賞やエッセー、年譜に『山頭火百句』など。一〇年ほど京都で住んだのち、現在は徳島県在住。同県内各地で俳句講座を開催。金魚のランチュウに夢中。

船井さんとは、私が大学四年生のころに知り合った。私が通う大学の、資料室の資料員として船井さんは勤務されていたのだ。私が参加していた「船団」の「紫野句会」でもよく顔を合わせた。

花火果てふと二の腕の冷たさよ　（「船団」九五号　二〇一二年）

私と同世代で句会に参加する人はあまり居なかった。だから、句会の場において船井さんの存在は、とても刺激的であった。また、句会だけでなく、大学院の研究発表の場においても、私は船井さんに大変お世話になった。良い発表ができた時は、私を褒めてくださり、また、研究に対して的確なアドバイスをいつも下さった。

花曇り猫も私も会帰り　（『関西俳句なう』二〇一五年）

船井さんはいつも優しく、ふんわりとした雰囲気を持った、そんな人である。

私が大学院を修了し、社会人となってから早くも五年が経った。その間船井さんは京都を離れ、地元である徳島へ帰られた。

昨日より今日より昔祖母の初夏　（「船団」一一一号　二〇一六年）

そういった事情もあって、社会人となって以来、船井さんとお会いした記憶がない。

だが、今回の十五句を鑑賞し、とても懐かしい気持ちになった。あの頃の船井さんと会話をしているようで、とても嬉しくなった。先ほど船井さんの人柄について述べたが、この十五句を鑑賞してみれば、私の言う「ふんわりとした雰囲気」の意味が伝わるはずだ。

十三夜ドルフィンになる夢現

綿虫や存じませんかラピュタ人　（「船団」九六号　二〇一三年）

冬の浜風待つ間けんけんぱ

花火果てふと二の腕の冷たさよ
十三夜ドルフィンになる夢現
綿虫や存じませんかラピュタ人
冬の浜風待つ間けんけんぱ
たんぽぽやうしろすがたの黒兎
不器用で頑なででも立葵
花曇り猫も私も会帰り
午後七時ゆみちゃんという守宮いて
秋渚ウソのカケラが5つ6つ
冬めいてかたっぽだけがずり落ちて
靴脱いで何はともあれイソギンチャク
なんとなく電源オン…あ、三月
半夏生午前六時のヒール音
昨日より今日より昔祖母の初夏
白壁に四角窓あり青田風

SENDAN —— WHITE

（「船団」一〇〇号　二〇一四年）

十三夜にはイルカになったり、綿虫にラピュタ人の存在を確認してみたり。何だかとてもメルヘンじゃないですか。冬の浜はきっと寒いはず。それでも、けんけんぱしながら、風を待ってみるなんて、とても無邪気だ。そんなけんけんぱなら、寒さもきっと楽しさのうちに入ってくるのだろう。

今回の十五句では、しかし、船井さんの意外な一面も垣間見えた気がする。

不器用で頑なででも立葵

（「船団」一〇二号　二〇一四年）

冬めいてかたっぽだけがずり落ちて

（『関西俳句なう』）

あー、船井さんって不器用な人だったんだ。それから自分で自覚できるくらい頑固者で。普段の関わりからは、絶対に想像できない。船井さんも立葵も、そういう気質を持っていると皆が知ったら、きっと驚くに違いない。

（山本たくや）

松本秀一（まつもとひでかず）

一九五二年愛媛県に生まる。米をつくる銅版画家。甘酒もつくる。メゾチント版画集『光が生まれる刻に』、歌集『男の子のやうに、日差しのやうに』、共編『赤黄男百句』などがある。近年カメラを持ち歩く。愛媛県宇和島市在住。

手元に松本さんのエッセイ集『ペーパーウェイト』（ふらんす堂）を置いている。真っ白な表紙に版画が冴える。もちろん作者の作品。正方形の闇に絶妙なバランスで転がさている逆光の李が五個。この光、鋭くて美しくてなかなか視線を逸らすことができない。精密で隙がない。それでいて微かな温度が伝わってくる。米つくりをしている作家から想起するのが次の俳句。

早苗植う思考と歩行まつすぐに

（『早苗の空』二〇〇六年）

水を張った田圃に田植え機を動かす。まっすぐに苗を揃えて植えていくのはなかなか難しい。土の固いところではハンドルをとられつい歪んでしまうものだが、ここは松本さんの本領発揮。慌てず焦らず慎重にまっすぐ進んでいくはずだ。途中ふと振り返れば一直線の早苗、そしてこれから植えていく早苗も一直線。まっすぐな思考と同じ。稲刈りの頃に印刷の話をしながら「そんな農繁期に印刷したり版画を刷ったりするの？」と質問したことがある。「奮い立たせているのよ、前に進まないと！」ときっぱり。芯の通ったまっすぐな思考の持ち主なのだ。

幾千のおんぶばつたの月夜かな

（同前）

幾千ものおんぶばったは草叢に潜む。月光が緩やかに届くとき翅のフォルムがきれいだ。お月様が遠望しているような童話の世界が広がってきた。

青空が青空を呼ぶ柿たわわ

（「船団」一〇四号　二〇一五年）

青い空に呼ばれた青空は果てしなく広い。豊穣な柿の木から上へ空へとアングルを変化させていく。ぐんぐんと広がる真っ青な空。この柿、たまらなく美味しそう。

田圃にたんぽぽ刑務所にたんぽぽ

（「船団」九〇号　二〇一一年）

近くの田圃にも遠くの刑務所にもたんぽぽが咲く。ただ

ジブラルタル海峡はるか春の風邪

春みんな水のほとりにゆきたがる

噴水のそば父と子の離れたり

早苗植う思考と歩行まつすぐに

玄関にくつろぐくちなはのこども

八月や兎の耳に血のはしる

幾千のおんぶばつたの月夜かな

深呼吸そばに野菊の咲きをれば

胸うすき半跏思惟像冬の蠅

太陽の正しくありぬお元日

淡雪と若草町ですれちがふ

田圃にたんぽぽ刑務所にたんぽぽ

胸先にこつんと当たる冬木の芽

サルトルとボーヴォワールや早苗植う

青空が青空を呼ぶ柿たわわ

SENDAN ―――――― WHITE

それだけの事。田圃と刑務所の並列が意外ではあるが、地球の上にたんぽぽが繋げている感じ。

二〇一七年五月「べラン」と名づけられた歌詩の小冊子が発行された。短歌と冊子の製作を松本さんが担当。中に一枚の「べランだより」が挟まれていた。これにたんぽぽの絮が描かれている。なんと繊細で手花火の様な絮だろう！　今にも掌に飛んできそうな気配すらしてくるのだ。

作品が生まれるアトリエに何度かおじゃました。一階は米つくりに必要な乾燥機や農機具が置かれている倉庫。その外階段を上がると二階がアトリエになっている。部屋に入るだけで緊張とワクワクが交差する。銅版画製作の機械や道具、そしてぎっしりと整理された本棚。この建物は「米をつくる銅版画家」を象徴しているかのようだ。

胸先にこつんと当たる冬木の芽

（「船団」一〇一号　二〇一四年）

〝こつん〟という乾いた響きが心地よい。「松本秀一の版画・米・言葉」展で見つけたビュラン（銅板を彫る彫刻刀）の写真。ベッドプレートにこつんと当たる音が聞こえてきた。

（渡部ひとみ）

三宅（みやけ）やよい

一九五五年神戸市生まれ。一九九七年「船団」入会と同時に作句を始める。句集に『玩具帳』『駱駝のあくび』。評伝『鷹女への旅』。共著『漱石百句』。船団東京句会幹事。船団の会副代表。犬と小説と薬膳料理が好き。東京都在住。

積極的というか、人怖じ物怖じしないというか、明るくてきぱきした人柄と能力には、いつも惚れ惚れと驚く。今回のからりとした十五句を見ても、それは分かる。

ねちねちしていないので記憶に残りやすいらしい。読者は意識せずに記憶してしまう。これは俳句にとって、とても大切な有利なことだと思う。

ワタナベのジュースの素です雲の峰

（『玩具帳』二〇〇〇年）

この句、よく覚えている。二〇〇〇年刊の句集に入っているのだから、初見はもっと昔なのだけれど、成程～と感心したその時の気分まで思い出させる。「ワタナベのジュースの素」というものが確かにあった。私はすでに少し大人になっていたので愛飲した覚えは余りないが、弟たちが飲むのを味見したりしたような気がする。その味までなんとなく思い出す。「ワタナベ」という苗字がそのまま用いられている、この命名の洒落ていないところが絶妙なのだ。まさか、その名を俳句で思い出させられるとは思わなかった、というびっくり感が、この句を記憶させたようだ。いかにもの粉末のオレンジ色が目の前にちらちらする。「雲の峰」は、暑さを愉しむ健康、その幸せを現す。

次の二句も、同じ意味で直ぐに記憶した。

黒板をぬぐえばみどり卒業す

（『駱駝のあくび』二〇〇七年）

今も黒板は緑なのだろうか。全て拭かれて緑になった黒板は、過去への決別、即ち未来への切り替えを見せている。

風光る鳥に小さな頭蓋骨

（同前）

この句も自分の句と錯覚しそうによく覚えている。文鳥を雛から育てたことがある。耳掻きを大きくしたような竹のスプーンで餌付けをした。左手で握ったその子の脆い硬さを、掌は忘れていない。そう、小さな頭蓋骨の触感。ちょっと力を入れたら壊れそうな大きさと硬さ、儚さ、確か

カバはおばさんサイはおじさん花曇
割り算でといてみなさい春の水
ワタナベのジュースの素です雲の峰
橙の尻のはみ出るお正月
床屋には剃刀 私には二月
冬の旅いるかは空の輪をくぐる
くらがりに靴のふえゆく花野かな
黒板をぬぐえばみどり卒業す
風光る鳥に小さな頭蓋骨
春風邪や振っては散らす万華鏡
蜜豆を食べたからだに触れてみて
ナイターのみんなで船にのるみたい
駆けて来るプールの匂いとすれ違う
右京から左京に渡るホッカイロ

SENDAN ―――― WHITE

さ。ひょっとしたら三宅さんも育てたことがあったのではないだろうか。頭を握ったことがあったのでは。「風光る」という季語の選択は、精一杯の鳥への言祝ぎだろう。

ところでこの稿は、自選の二句は外さずに、感想を記すことになっている。ところが私、最初に触れるべき次の一句が読みきれないのである。

割り算でといてみなさい春の水

（『玩具帳』）

この句恥ずかしいが、どう読んだらいいのか分からない。まさか原っぱで算数、ってわけはないし。もっと意味シンなのでしょうけど、三宅さん、ごめんなさい。

ナイターのみんなで船にのるみたい

（『駱駝のあくび』）

この句の「船にのるみたい」とは、ちょっと複雑。「モノ」ではないから。形ではないから。「みんなで船に」は気分だから。この「船」は本当の船ではないから。でも分かります、この連帯感、同じ気持の昂ぶり、仲間だぜー！って気分。ってことかな。

（池田澄子）

三好万美（みよしまみ）

一九七〇年愛媛県生まれ。二〇〇二年から作句。句集『満ち潮』、松山句会に参加。犬、特にウエルシュ・コーギー・ペンブロークが大好き。愛媛県東温市在住。

春愁のしっぽを抱いて眠りおり

（『満ち潮』二〇〇九年）

春は明るく華やいだ気分になるものだが、反面、なんとなく気持ちがふさぐこともある。それが春愁。このモヤモヤ感は言葉では言い表せないし、原因さえよくわからないからやっかいだ。その気持ちを「春愁のしっぽ」と捉えたところが秀逸だと思う。感情のあれこれを作品に持ち込まないのが俳句である。万美さんは、その抑制ができる俳人だ。

松山船団の若い俳句仲間の一人。聡明な眼差しと素朴であたたかな人柄は、その句柄に滲み出ている。

神様はいますか蛍籠のなか

（同前）

蛍の青白い光の明滅は、幻想的で美しく、それ故に儚い。蛍は、まるで別世界からやって来た使者のような気がする。「神様はいますか」という無垢な問いかけに胸を打たれる。

万美さんの故郷は、自然豊かな愛媛県の南予地方。幼い頃に見た数知れない蛍の記憶がこの句の伏線となっているかもしれない。祈りにも似た美しい一句。深く心に刻んでおきたい秀句である。

台風とサーカス団と北上す

（同前）

日本に上陸する台風は、ほとんどが沖縄、九州、四国、本州というお決まりのコースを進んで行く。その進路に一喜一憂するのも毎度のことである。

厄介な台風とサーカス団の取り合せの意外性、それがこの句の魅力だろう。サーカス団には日常から非日常へワープする力があり、同時に得体のしれない怖さを持つ。台風にも日常を破壊する力がある。両者が同時に北上する不気味さは、度を超したところで可笑しみを誘う。

青田波端までいけば旧校舎

（同前）

スフィンクスのようなおすわり山笑う
寒卯むかしおとこに鱗あり
春愁のしっぽを抱いて眠りおり
台風とサーカス団と北上す
青田波端までいけば旧校舎
うつくしき猫の一族葛の花
六月のこれは神社の木の匂い
神様はいますか蛍籠のなか
たましいの透き通るまで林檎煮る
いくらでも眠れる体サイネリア
糸瓜忌の鉄棒があるぶらさがる
万緑や一時間目をずる休み
月光をもっとも浴びている翼
チューリップ植えてもうすぐ給料日
冬はじめ犬は日向の匂いして

SENDAN —— WHITE

植えられた苗が生長すると一面の青田となる。風が来るとみどりの波がいっせいにうねる。青田波の行き着く先にあるのは、長い廊下がある木造の旧校舎だ。

万美さんが、以前教師として勤務していた愛媛県の宇和町（現・西予市）の景だろうか。宇和地方は県下有数の穀倉地帯。青田の広がる頃は、この句の通りの風景となる。

私も若い頃の数年間を家族とこの地に暮らし、美しい青田の風景に心奪われた。俳句に出会ったのもこの町だった。

冬はじめ犬は日向の匂いして

（「船団」一〇八号　二〇一六年）

冬のはじめは、まだそれほど寒くなく、晴れて暖かい日が多い。愛犬もたっぷりと日差しを浴びている。作者は、犬が本来持っている獣の匂いよりも、犬の放つ日向の匂いを新鮮に感じている。己の感覚を信じる強さが、万美さんの俳句にはある。

いつだったか、万美さんと吟行をした後で、ご自宅にお邪魔したことがあった。二匹の犬が、歓迎の尻尾を振って迎えてくれた。犬たちに接する時の笑顔といったら……。万美さんの犬好きは、筋金入りである。

（**中居由美**）

藪ノ内君代

一九五三年鹿児島県生まれ。一九九二年句作開始。一九九四年「船団」入会。句集に『風のなぎさ』船団会務委員。道端に咲く草花が好き。初夏の頃、木に咲く花も好き。京都市在住。

さりげないのである。

みんなが知っている、みんなが大好きな、藪ノ内さんのこの一句。

ごみ箱を洗って干してあっ風花

（『風のなぎさ』二〇〇七年）

とても楽しそうにごみ箱を洗っている。面倒だなんて、これっぽっちも思っていない。ようし、私も今日はごみ箱をぴかぴかにしようかな、ついでにその辺も、という気にさせてくれる。あっ風花と、ひとり言を言っている藪ノ内さんの顔、そうそう、みんなが知っているあの笑顔、なのである。

句会では、藪ノ内さんはたいていお世話係を務める。旗を振って先頭に立つというタイプではないのに、何故か何時でも何気なく中心にいる。さらさらと短冊を配り、さらさらと集め、さらさら清記して、コピーして、又、さらさらとみんなに配ってゆく。もちろん、藪ノ内さんの句も紛れ込ませてある。さりげなく。でも、すぐに、藪ノ内さんのだとわかってしまう。かもしだしているのである。

慕情という空の色だねあめんぼう

（船団の会編『俳句の動物たち』二〇一四年）

すいすいと気持ち良さそうに泳ぐ。あの長い足で、空と水のあわいにらくらくと浮いている。よく飛び回る。こんな歩き方できたらいいなという歩き方で歩く。慕情だなんて、ちょっとうそぶいたりしてね、藪ノ内さん。

そんな藪ノ内さんのキーワードは〝好き〟。今回の十五句にも〝好き〟は三句ある。俳句では、〝好き〟なんてわざわざ言わない。普通は。一句にするのだから、好きに決まっているのだ。一番言いたいことは言わないのが俳句。基本は。でも、藪ノ内さんは堂々と、ストレートに、ど真ん中に〝好き〟なのである。選句の理由を聞かれれば、好

校庭のくすの木と会う帰省かな
つれだって歩くのが好き柿の花
柿日和みんなで見ている風の道
ごみ箱を洗って干してあっ風花
初歩的な楽観的なさくらんぼ
小春日のあの川音を歩きましょう
海苔巻きの端っこ好きで小春日で
秋が来たカバ日和な日バスに乗る
どの駅で降りてもいい日山芽吹く
慕情という空の色だねあめんぼう
赤ちゃんの隣に座る春のバス
あれこれは桐の花咲くそのあたり
混沌の反対は梅雨晴れ間です
空を見る机の上の草もちと
でたらめはちょっと好きかも蜜豆も

SENDAN ——— WHITE

きな句でしたと言い、では次回の兼題は藪ノ内さんにお願いしますと言われれば、〝好き〟にしましょうと言う。藪ノ内さんが好きと言えば、もう誰も文句の付けようがない。神様に愛されているのである。

でたらめはちょっと好きかも蜜豆も

（「船団」一一一号　二〇一六年）

でたらめと蜜豆の取り合わせが自在で楽しい〝好き〟の一句である。寒天のつるんとした口当たり、茹でた赤豌豆のほっくほく、求肥のやわらかな弾力、にぎやかで明るいパイナップル、蜜柑、さくらんぼ、そして懐かしいような糖蜜の甘さ。このごちゃごちゃに誘われて、何だか無性に蜜豆が食べたくなってくる。

二次会の藪ノ内さんは、ビールをぐいぐい飲む。御代りだってする。ワインもくいくい飲む。これも御代りする。焼きそばもつるつる食べる。よく飲んで、よく食べて、にこにこと、さりげないのである。

そういうふうに、藪ノ内ワールドは、そこにある。

（野本明子）

山本純子（やまもとじゅんこ）

一九五七年石川県生まれ。川崎洋氏に師事し、詩作を始める。二〇〇五年、詩集『あまのがわ』で第五十五回H氏賞受賞。こどもミュージカルの活動に参加。数校の校歌を作詞。俳句とエッセー『山ガール』など。滋賀県大津市在住。

　山本純子さんの『山ガール』という本があり、その中に詩人、川崎洋さんとのエピソードが書かれている。山本さんは、川崎さんが選者をつとめる雑誌の投稿欄で優秀な応募者として活躍し、その後も文通を中心に彼と交流を持ち続けた。『山ガール』にはこんな一文がある。「そしてここに決めた、川崎洋さんが私の詩の先生だ、と」まるで夏目漱石『こゝろ』の語り手のようだ。

　学びの原点はここにある。学校は機械的に先生と生徒を組み合わせるにすぎない。生徒に人気のある先生がいる。先生に好かれる生徒がいる。だけど生徒にそっぽむかれる先生と、先生に覚えられた事がない生徒との間に、精神の化学反応が起こることもある。

　もちろん川崎氏は、日本中にその名を知られる詩人である。山本さんも、生徒に人気がある先生だろう（『山ガール』によれば彼女は高校の先生だった）。しかし師弟関係を作るのは世間の評定ではない。感性の相性だ。山本さんは川崎氏を先生と決め、しっかりと摑まえた。川崎氏も、多忙な身としては驚くべき誠実さでそれに応えた。このエピソードは、彼女の文学的資質の高さを物語っている。

　山本純子さんの俳句と詩を読んで気づくのは、そのみずみずしい感性である。

なにもかもまたいで歩く海の家
銭湯の人も金魚もみなはだか

（『カヌー干す』二〇〇九年）

　おおらかな二句である。体だけでなく心が裸の俳句だ。大人が裸になるには気合いがいるが、その気合いを感じない。悠然と、あなたもタオルをお外しになったら？　と読者に微笑みかける。

　しかし、山本さんは決して感性だけでは作品を書かない。一見無防備な言葉の配列の中に、文学の芯のようなものが埋め込まれている。

　実は山本さんとお会いするまで、その作品から、わたし

夏山の動詞になっていくわたし

七月をぷるぷる歩く天然水

塩借りに丸太を渡るキャンプ村

カヌー干すカレーは次の日もうまい

なにもかもまたいで歩く海の家

浮き輪から大山（だいせん）を見る足指も

銭湯の人も金魚もみなはだか

カナカナと八月三十日（みそか）が鳴きました

柿たわわ地中の火事の音がして

かいつぶりショートカットにしたところ

初雪へひとりひとりが舌のばし

手袋でうさぎ作って一人旅

花疲れうどんは粉にもどりたい

焼肉に決めたレガッタ通過した

パジャマから出てパジャマへ帰る遅日

SENDAN — WHITE

は彼女を少女のような人だと思い込んでいた。しかし目の前に現れた山本さんは、充実した人生に裏打ちされた自信と誇りを身に纏う、成熟した女性であった。

そういう目で俳句を見直せば、あちこちに大人の目線が隠れている。

花疲れうどんは粉にもどりたい　（同前）

うどんは粉にもどりたいのだろうか？　いや、粉にもどりたいのは作者だろう。花の美しさに酔いしれたのち夕食を食べている。心身ともにいっぱいいっぱいでコシのあるうどんの咀嚼すら面倒だ。ああ、粉にもどりたい。そう確かに、粉になりたい瞬間はある。

そして、最後に代表句（と、言うべきもの）を挙げよう。

カヌー干すカレーは次の日もうまい　（同前）

わたしは、この句を一度見かけた時から憶えている。俳句は短いようで、憶えるのは難しい。頭の隙間に入り込んで居着く俳句というのは、それだけで十分な価値がある。

（水木ユヤ）

黒

SENDAN BLACK

◉エッセイ「黒の起点」………… 藤井なお子

朝日泥湖

飯島ユキ

宇都宮さとる

北村恭久子

木村和也

藏前幸子

児玉硝子

鈴木みのり

鳥居真里子

二村典子

能勢京子

ふけとしこ

武馬久仁裕

水木ユヤ

皆吉　司

山本たくや

若森京子

黒の起点

藤井なお子

日本語の「黒」の語源は、「暗い」「暮れる」であるという。一日は、真っ暗がりの夜に始まり、夜明け前の青、朝焼けの赤、太陽の白、と変化し、また夕焼けの赤、トワイライトの青、そして黒い静寂に暮れる。人生も無である黒い世界から始まり、そして終わることを考えると、究極の色は黒色であるのかも知れない。

近頃開いた美術書に、カジミール・マレーヴィチという人の『黒の方形』（一九一五年）という絵があった。約八十センチ四方のカンバスに、黒く塗りつぶされた正方形が描かれているだけの作品である。この絵は、「意味を徹底的に排した抽象的作品を追求した結果、戦前における抽象絵画の一つの到達点である」とも評価されている。

俳句にも黒のイメージのするものがある。

動く葉もなくておそろし夏木立　　与謝蕪村

得体の知れぬ暗さが黒色を連想させるからだろうか。「おそろし」は、濃い墨で描かれよう。南画の大家でもあった蕪村は墨の持つ性質の美術的効果に強い関心を示していたという。「墨に五彩あり」という言葉が示すように、混ぜる水の量や筆の種類、紙の性質によってさまざまな表現が可能であるのだそうだ。例えば、彼の描いた『晩秋飛鴉図屏風』を見てみると、積墨は薄い墨で、鴉は濃い墨で。近いものは濃く、遠いものを薄く。といった具合に表現されている。

そもそも黒は人類にとって身近な色であった。火を燃やした後には黒色の灰が残る。ラスコーやアルタミラなど古代の洞窟壁画でも、動物の輪郭や黒い牛や馬をチャコール（活性炭）・ブラックで描かれたというから、黒という色は人々のＤＮＡに組み込まれていそうだ。

「黒の魔術師」と呼ばれた画家、エドワール・マネ。印象派においては黒色を使用することが稀である中、『笛を吹く少年』（一八六六年）などは、日本の浮世絵の影響を受けていると言われている。確かに人物の輪郭が浮世絵同様、黒色で描かれている。特に少年の赤色のズボンにある黒色の脇の縁取りは、そのまま輪郭と重なりあって、人物がより強調されているようにも見える。黒い線は、東洋と西洋の極致的表現の一つと言えよう。

マネから半世紀後のパリ、一九二六年にココ・シャネルが「リトル・ブラック・ドレス」なるものを発表した。彼女が「私より前には、誰も黒をまとおうとしなかった」というように、喪服としての黒からシックでモードな装いとしての黒へと認識を転換させたのである。ファッション界の革命といってもよく、百年後に生きる私たちの感覚にそのまま繋がっている。シャネル社には「ココ・ヌアール」という香水がある。ヌアールとは黒のフランス語。私は今回の記念として、漆黒のボトルに入ったこの香水を付けてみることにした。紹介には「バロック的な夜の情景を感じさせる香り」とあったが、どこかしら墨の匂いを感じさせるものであった。

朝日泥湖（あさひでいこ）

一九四〇年滋賀県生まれ。俳句は自学自習。京都句会発足時より参加。以降世話役も承るも高齢により「退職」。現在船団近隣各地句会に「自由出勤」。句集に『いけず』。趣味ジョギングも高齢撤退。大津市在住。

黒ぶどうギリシャは今日も晴れだろう

（「船団」七六号　二〇〇八年）

黒ぶどうとギリシャの取り合わせの句である。黒ぶどうとギリシャは何の関係もないはずだが、黒ぶどうを食べると、ギリシャの、例えば、よく晴れたエーゲ海の真っ青な空が思われるというのである。逆に、ギリシャを思いながら食べる黒ぶどうは、ギリシャのように味わい深くなる。

ギリシャは、実際に行ったことがない人でも、なぜか懐かしい。それは、幼い頃に誰でも絵本や児童書でギリシャ神話の、あの人間臭い神々の話を読んだことがあるからだろう。また、ソクラテスの産婆術やプラトンの哲学、オリンピック発祥の地オリンピアを思い浮かべる人もあるだろう。西洋文明のルーツであるギリシャは、現代の日本の私達にとっても文化文明の故郷と言えるのかもしれない。ともあれ、この黒ぶどう、とてもおいしそうである。

はんなりといけずな言葉春日傘

（『いけず』二〇〇七年）

方言句は、辞書で意味を調べても、その土地に根付いたニュアンスまではなかなか伝わらないが、実は、そのニュアンスこそが、味わい深い。

この句の場合、例えば、京都の鴨川に架かる橋の上にいるカップルが思われる。すんなりとした和服の京美人が、明るく晴れやかに挨拶して、春日傘をくるりと回して行ってしまった。彼が、彼女のちょっと意地悪な言葉の意味に気づいたときには、彼女はもう遥か彼方だ。謎めく彼女……これは、人が誰でも持っている二面性なのか。あるいは、恋人同士の駆け引きなのか。彼女にますます惹かれる彼。この句には、短編小説のような味わいがある。

元サヨク今おばさんのなまこかな

（同前）

この句の「なまこ」は、なまこの好きな俳人のことだろ

元サヨク今おばさんのなまこかな
はんなりといけずな言葉春日傘
黒ぶどうギリシャは今日も晴れだろう
紺のこす新潮文庫文化の日
レポートはまだ三枚目俳句の日
カツカレー泳げないけど海が好き
枯野にてすぐ折り返すバスひとつ
亀鳴いて危機管理課長拝命
お花見続き四日目はあんぱん
おぼろ月ラップかけずにチンをする
うどんゆで過ぎやん亀鳴いとるやん
夏終わるやりのこしたこと前かごに
おけら鳴く今日も全裸で寝ています
かたいこと言わんときやす桜餅
大花野きりんを解放してやろう

SENDAN —— BLACK

う。元サヨクの人が、今はおばさんの目線で俳句を作る、なまこの好きな俳人だという。このおばさん、男性でも女性でもいいのだが、男性の方が素敵だと思う。老人になって、固く古くなるのではなく、柔らかく変わって新しくなるというのだから。そして、〈かたいこと言わんときやす桜餅〉(「船団」一一〇号　二〇一六年)という女性のセリフを取り込んだ句などを作る。

夏終わるやりのこしたこと前かごに

(「船団」一〇八号　二〇一六年)

夏の終わる頃は、今でも出来ていない宿題を思い出して、ハッとし落ち込むことがある。ところが、この句の主人公は、それを前かごにひょいと入れていくという。平仮名表記も効いていて、読後は軽やかな気分になる。これは、きっと朝日泥湖の自画像だろう。句集『いけず』の出版を祝う会で、「これからは泥湖と名乗ったらどうか、その方がカオスのようで底が深くなるのでは」と勧められれば、元々彩湖だった俳号をあっさり泥湖に変えた。そんな柔軟性を朝日泥湖は持っているのだから。

(川島由紀子)

飯島（いいじま）ユキ

東京都生まれ。一九九四年より作句。「羅の会」代表。句集『一炷』。著書『今朝の丘・平塚らいてうと俳句』『らいてうの姿とちひろの想い』他。平塚らいてう賞特別賞受賞。香道に親しむ。松本市在住。

別荘の庭の一本の大きな枝垂れ桜を窓の外に見ながら、大きな石作りの暖炉の火を囲み「花見の宴」は始まった。主は、ソバージュのヘアスタイルに黒っぽい和服姿の華奢な体で早口の関東弁をしゃべる。集まった人たちはそんな彼女を「姐御」と呼び、彼女は華やかに笑いながら場を盛り上げてくれた。

老年に入る熱熱の焼林檎

（『羅作品集』二〇一五年）

彼女に出合ったのは十四、五年ほど前だが、華奢な体に似合わずエネルギッシュに行動する姿は今も変わらない。「わたしは俳句を作るのも好きだけど、あれこれイベントを考えるのも好き」だという。人と人の出会いの場を作り楽しいことを考え、その場を設ける。そして「姐御」と呼ぶ仲間たちは手足になり喜んで動いているように見受ける。そろそろ老年と言われる季節に入ったようだが、いつまでも熱熱の感じだ。しかも焼き林檎は旨い。

冬林檎硬し情報充満す

（『一炷』二〇〇五年）

この林檎は情報が充満していて硬いのだ。彼女の精力的なパワーは華奢な体にまだまだ溢れている。

考へる時はひらがなさくらんぼ

（同前）

漢字で表記すると漢字そのものに意味があるから、その意味が固定してしまう。ひらがなで表記すれば、その意味性において言葉に広がりが生じる。だから物事を考えるときは「ひらがな」で考え柔軟な考えを持つというのだ。体は硬くなってゆくが、心は出来るだけ柔軟でいたいもの。

落葉踏むうれしい時は音たてて

首抜いて菊人形の運ばるる
春深き茶房来客日誌かな
考へる時はひらがなさくらんぼ
冬林檎硬し情報充満す
夢自在りんごに蜜の籠りたる
石ひとつ拾ふ八月十五日
巻かれゆくホースより水秋深む
仏法難解ぽんぽんだりあ咲く
落葉踏むうれしい時は音たてて
一篇の詩と一房の青葡萄
凌霄の花隣人を愛せるか
老年に入る熱熱の焼林檎
雪の夜や吾のたてたる物の音
遊ぶ日は遊ぶ緑の風の中
喜びに大小ありぬチューリップ

（『羅作品集』）

SENDAN —— BLACK

落葉を踏めば嬉しくなくても音はする。嬉しい時は子どものように元気に踏むのがいい。でも哀しい時も踏む音を聞きながら歩くと心が落ち着く。そしてゆったりとした大人になれる。

彼女は十代のころ成城の家で、隣人としての平塚らいてう夫妻に出会って「おじさま」「おばさま」と呼び、「ちょっとお目にかからないと、すぐ隣に住んでいるのに、わざわざ郵便局経由でらいてうさんからご機嫌うかがいの葉書が届くんです。ご自分の住所は『同区同町同番地』。そんなユーモアを持ち合わせた方でした」と語る、晩年の夫妻の姿を知る数少ない一人だ。らいてうの死後、残された俳句に感動し、その顕彰に努め『今朝の丘―平塚らいてうと俳句』を上梓。らいてう没後四十年にあたっては俳句大会を開き、二〇〇九年、第四回平塚らいてう賞特別賞を受賞した。船団の会会員であり、俳誌「羅の会」の代表でもある。

（陽山道子）

宇都宮（うつのみや）さとる

一九四八年京都府生まれ。二〇〇八年から作句。句集『蝦蟇の襞』。吟行集『蕪村と歩く―京都五七五―』（共著）。船団紫野句会幹事、第五の会世話人。遊ぶことは何でも大好き。俳句はもちろんお酒、ゴルフなど。

青蛙正しい跳ね方教えます　（『蕪村と歩く』二〇一三年）

さとるさんとは、もう七年以上もつるんで、京都のあちこちをほっつき歩いている。決して悪い遊びではなくて、吟行での真面目なほっつき歩きだ。この句は確か、岩倉実相院での吟行句。青蛙から正しい跳ね方を教わっているのか？　それとも変な跳ね方をしている青蛙に「おっちゃんが正しい跳ね方教えたろか」と、作者がツッコミを入れているようにも読めて楽しい。

夏の池風渡る時ひとりがいい　（『蝦蟇の襞』二〇一七年）

共感の句。あれこれ言ってないが、水面の漣が見え、風の心地良さが感じられる。いくら仲間や家族と楽しい時を過ごしていても、ひとりの時間の貴重で贅沢なこと。ましてや、暑い日、風の吹き渡る池の畔でなら尚更だ。孤独を愉しめるのは大人の特権。

おじさんはこれでいいのだ冷ややっこ　（同前）

実はわたし、吟行時の、さとるさんの俳句は端正だけどつまんないなあと思っていた（ごめんなさい）。ところが、句集『蝦蟇の襞』は衝撃だった。いい意味で裏切られた。おもしろく読ませる工夫が満載だったのだ。この句は句集のなかの、シャレ句で一服（コピー編）という、名作コピーをもじった作品群のなかの一句。赤塚不二夫の「天才バカボン」のバカボンのパパの決め台詞とのコラボだ。おっとりとした京都の旦那衆という風貌を持つ作者に、ステテコ、腹巻、タオルの鉢巻をして髭を描いたら、すごく似合いそうな気がしてきた。

「おじさんはこれでいいのだ！」と叫ぶ隠し芸として、いつか披露していただきたい。

血脈は修羅のごとくに蝦蟇の襞　（同前）

青蛙正しい跳ね方教えます
早春のマーロウの銃春樹撃つ
キーボード叩く指たちの春愁
太公望沈黙という春の中
夏の池風渡る時ひとりがいい
血脈は修羅のごとくに蝦蟇の襞
蛍が手のひらにそっと息をする
おじさんはこれでいいのだ冷ややっこ
黒い和尚とジャズと果実と晩夏
カモメよカモメ日暮れて啼いてそれでよい
しかし美は紛うことなく今朝の秋
あの人のセロリのようなプロポーズ
オリオンの刃のしずく地に着けり
雪女郎いつも微熱を連れてくる
風体を問えば枯れ木と名乗りおり

蝦蟇の襞をじっくり見たことがないので、想像でしかないが、きっと体中をたくさんの血脈が巡っているのだろう。修羅のごとくだから、生きるために食物連鎖の鎖のひとつとして、他の命を食べて血脈を太らせている。また、人も身のうちに色んな修羅を飼いながら、傷ついたり、傷つけたりしながらも生きてゆかねばならない。あの阿修羅像の、凛としたなかにも、苦悩が垣間見える不思議な表情を思い起こした句。

あの人のセロリのようなプロポーズ　（同前）

青臭くて、ポキポキとぶっきら棒なプロポーズだろうか。若々しい俳句だ。セロリのようなという措辞が素敵。おじさんが作ったとは思えない青春性を感じる。

そういえば以前に、奥さまとの馴れ初めを聞いたような気がする。新聞社時代に、アルバイトに来ていた若い女性を見染めて、付き合いが始まった時には、回りから羨ましがられて、やっかみも込めて「犯罪だ！」と言われたそうだ。その頃を思い出してこの句を作ったのかも。確かに男は女より数倍もロマンチストだ。

（波戸辺のばら）

北村恭久子（きたむらきくこ）

さりさりと骨まできれい春の魚

（『三光鳥』二〇一五年）

学生時代は平均台などの体操をしていたという彼女は、現在もスポーツ関係の趣味が中心で、気分転換に「さりさり」と俳句をたしなむ。気分転換だから、時間もたいしてかけていないのに、俳句はにくらしいほどにステキだ。私は彼女と句会をご一緒するすることが多いが、俳句もさることながら、彼女の選についての鑑賞コメントの豊かさにいつも感心している。

清らかな春の渓流を泳ぐ魚たちは、瞳も尻尾も生き生きとしてきれいだが、きっと骨までさりさりときれいにちがいない。この句は、私には彼女の自己PRの句に思えてならない。〈さりさりと北村恭久子さりさりと〉

鶏頭の花のしわくちゃ考える

（同前）

一九四二年京都生まれ。二〇〇二年、句作開始。二〇〇九年、「船団」入会。二〇一五年、合同句集『三光鳥』刊。趣味は、ヨガ、気功、ゴルフ。京都在住。

鶏頭のしわくちゃの花をみていると、花がなにかを考えているように見える。いったい何を考えているのだろうと思って見ているうちに、私（作者）はしらないうちに鶏頭の花の中にはいりこんで、いっしょになって考えている。「花をながめて……想う」なんて俳句はいっぱいあるが花の中にはいりこんで、花といっしょに考える……なんて俳句は前代未聞である。間違いなくこの句は、彼女の代表句である。

片っぽの脳が錆び出す鶏頭花

（「船団」一一二号 二〇一七年）

この句を単独で読んだ人は全く別の鑑賞をするかもしれないが、私は前掲句の続編として鑑賞した。鶏頭の花の中にはいりこんだ作者が、花といっしょに考えすぎたから、作者の脳の片っぽが錆び出したのか？　変な人間が無断で花の中にはいりこんでくるから、鶏頭の脳の片っぽが錆び

恐竜の腹はからっぽ春一番
さりさりと骨まできれい春の魚
春灯うさぎの耳が濡れている
葉桜や空となるまで窓を拭く
短夜の夢朝の月抱くような
鶏頭の花のしわくちゃ考える
本心が丸見えですよ曼珠沙華
さつまいもぶっきらぼうに男来る
鰯雲まだしゃっくりが止まらない
シャガールの馬の眼雪の珈琲館
冬林檎どきどきとして箱の中
睡蓮に午後の大窓開けておく
冬日向耳から眠るおじいさん
老人の怪しい遊び春満月
片っぽの脳が錆び出す鶏頭花

SENDAN――BLACK

出したのか?

シャガールの馬の眼雪の珈琲館　　　　（『三光鳥』）

今は忙しくて手が回らないらしいが、絵画に一生懸命の時期もあったらしい。そんな彼女の絵画心が俳句になる。読んだ瞬間に、問答無用で読者に覚えさせてしまう力を持った俳句。それは名句の必須条件のような気がする。

「シャガールの馬の眼」と「雪の珈琲館」の鮮やかな映像が私の心に焼き付き『三光鳥』で一番先に覚えさせられた句だ。ところが、このふたつの鮮やかな映像がどんな関係なのか、がよく解らないのだ。「シャガールの馬の眼」に「雪の珈琲館」が映っているのか？「ブラックコーヒーに映る雪」が「シャガールの馬の眼」に見えるのか？

作者に聞いてみたい気がするが、私はしない。「それは、あなたにおまかせしますわ」と、彼女はヨコをむいて「さりさり」と答えるだろうから。

（山本直一）

木村和也（きむらかずや）

一九四七年大阪府生まれ。中学生より俳句を始める。二〇〇四年「船団」入会。二〇一二年第四回船団賞受賞。句集に『新鬼』、俳句とエッセー集に『水の容（かたち）』など。趣味はお酒。

林檎の芯に刃がとどく雪の音する

（『新鬼』二〇〇九年）

林檎と雪と言えば、有名な北原白秋の不倫の短歌〈君かへす朝の舗石さくさくと雪よ林檎の香のごとくふれ〉を思い出す。掲出した句の刃の音も「サク」といった乾いた音だろう。木村和也の句は初期から通じて多分に近代文学的叙情を指向している。この句も、林檎に刃を入れるといった鋭敏な感覚と、雪の（降る）音という静謐な感覚を対比させている中で、白秋の恋を底に沈めながら、多分に情感の強さを有している。句の構造的にも「雪の音する」を上五におけば、定型律に近づくが、本句の構造は山頭火型の自由律、もしくは短詩に傾斜するものである。

どこを切っても海鼠は無神論である

（同前）

江戸期の俳諧より、海鼠はそのユーモラスな形状からナンセンスの句材として愛されている。「切っても切ってもプラナリア」という生き物があるが、海鼠は切っても切っても無神論に生きている。その全身を百パーセントの無神論として述べたところに海鼠からの飛躍がある。句としては「である」が初期の木村和也らしい散文調で、飛躍の断定を強く押し出している。

星座解く音水鳥の目覚める音

（同前）

「音」のリフレーン、視覚的句材を聴覚で受容させせんとする二つの技法を試みた句である。星座を「解く」とは、結ばれた星座を星一つ一つにほどき、星そのものに還元する動きだ。その音とは、緩やかに明るく、乾いたグロッケンの音を想起させる。水鳥の目覚める音とは羽ばたきとそれにともなう水面のたゆたう音である。冬の夜明けを詩的世界に昇華してとらえた意欲作。

ゆうぐれの春の畳にもうひとり

（『水の容』二〇一七年）

思い出は銃口に似る鰯雲
鳥雲に迷いに行くという遊び
林檎の芯に刃がとどく雪の音する
カーテンを左右に開く原爆忌
障子閉めて沖にさびしい鯨たち
遺児めきぬ二百十日の靴の紐
牡蠣酢食う天文学者になるはずが
水のすがたで箱にしまわれている晩夏
どこを切っても海鼠は無神論である
星座解く音水鳥の目覚める音
天上は水がたくさん散るさくら
ゆうぐれの春の畳にもうひとり
金魚鉢に水がたっぷり死者の家
遠火事を見ている耳の大きな子
水鳥はみずのかたちを眠りおり

SENDAN — BLACK

幻視のような一句。春夕べという季語の本意は、春の昼の歓楽を終えた余韻を持つものである。その余韻は春昼の華やぎの分だけ幾分さみしさを伴う。その中で垂れ込めた屋内に孤独を託つ作中人物にもうひとりがいつの間にか現れている。異界の人物との邂逅かもしれない。実景の輪郭の端をぼかし、虚界を滑り込ませて詩を生む、作者の真骨頂の句である。

水鳥はみずのかたちを眠りおり　（同前）

「みず」の音をリフレーンし、句にリズムを生み出す。「みずのかたちにねむる」のではなく「みずのかたち（の中）を」ねむる水鳥。水に包まれて水鳥本来の幸せを見る句である。「みずのかたちを眠る」という言葉に飛躍があるが、「みず」の音のリフレーンによって抵抗なく読者はこの詩世界を受容する。そのかたちは水鳥それ自体が眠るかたちにもつながろう。眠りの中で、名にし負う水に還元されていくような水鳥の変容をイメージさせる句の運びである。

（塩見恵介）

藏前幸子（くらまえさちこ）

島根県生まれ。十五歳から二十六歳まで国立療養所に入院、その時読んだ俳句誌から俳人の花谷和子を知り感動を受ける。俳句と俳文『さっちゃん』、創作集『こちさ短編集』を出版。好きな言葉「羞恥心と好奇心」。池田市在住。

藏前幸子さんとはつまり「さっちゃん」である。

著作『さっちゃん』『こちさ短編集』で知られるように文章の達人であり、実に個性豊かな感性の持ち主でもある。

私がこの人の俳句を知ったのは、まだ「船団」に入会する前のこと、二十年近くも前の話になる。ある年、恒例の初夏の集いにおいて「耳の句会」というイベントが用意され、恐れ多くも私は壇上に上げられていた。そして読み上げられる俳句を耳から入る音だけで判断し、甲乙をつけるという大役を仰せつかって、緊張していたのであった。

廃校やぐんぐん太る蜂の尻

（俳句と俳文『さっちゃん』二〇〇九年）

その耳の句会での出合いの一句。蜂というもの、個体の大きさはほぼ決まっており、ぐんぐん太ることはまず無い。そこをこう言ってしまうことにまず驚いた。そして廃校なのか廃坑なのかを迷った。廃坑と決めて軍配を上げたのだが、壇上、会場、共に廃校との声の方が多く、作者も、つまり藏前さんも「廃校です」と。音だけで解釈するのが難しいと感じた一幕であった。その後縁あって私の俳句講座を受講して下さったり、句会に参加して下さったりして今に至っている。

三センチの鉛筆転ぶ晩夏光

（同前）

三センチの鉛筆といえば、補助器を使っても、もう使いにくい長さだ。よくぞここまで働いた！　と褒めてやりたくなる。勿論ここまで使った人物も。そして晩夏光から思うのは夏休みの宿題を仕上げた子どもだ。蟬の声もいつの間にかツクツクボウシに代っている頃だ。「転ぶ」の一語に安堵感、充実感が出ている。

台風の目の中にあるプリンかな

（同前）

巨大プリン？　そしてくっきりとある台風の目がしずしずとプリンを運んでくる、わけはないか。目の中では風は

廃校やぐんぐん太る蜂の尻
おはじきを飲み込む夢や藤の花
ひまじんのわたしの影を蛇が踏む
三センチの鉛筆転ぶ晩夏光
散水車字後田の角曲がる
夏草や犬の鎖が捨ててあり
空港を海へ押し出す猫じゃらし
台風の目の中にあるプリンかな
節分の豆の目・鼻が転がって
青りんご重たい星に男住む
人の数だけ電話が歩く花の道
新聞が影を作りて広島忌
虫食い珊瑚春夕焼けに食べられる
くくくと体の骨へ風邪が棲み
蓮根の穴を潜って人になる

SENDAN —— BLACK

落ち青空も見える、あの不思議な空間。目が通り過ぎればもう一度嵐になる。さ、このプリンも今の静かな内に……。一口に対比というけれど、この大小！　やっぱり大胆だ。

ひまじんのわたしの影を蛇が踏む　（同前）

「道端の草を訪う会」で同行。山際に咲く踊子草に立ち止っていると蛇が現れた。皆に囲まれながら草の中へ消えて行った。「ひまじん」という打ち出しも意表をつくが、人の影の中をするすると動く蛇を見て、蛇が踏んだと言えるものだろうか、と思う。この人独特の表現である。

空港を海へ押し出す猫じゃらし　（同前）

大きな景色である。空港は広い。草の処理も大型機械に頼ることになる。この機械の功罪に種を拡散させることが上げられる。それが一斉に発芽すると当然同種の草が茂ることになる。ここでは猫じゃらし。陸から海へ風が吹けばそれは穂草がこぞって海へ海へと押しているようだと彼女はいうのである。断定の魅力とはこれ。

（ふけとしこ）

児玉硝子（こだまがらす）

一九五三年大阪府生まれ。一九九五年から作句。句集『青葉同心』。他に『来山百句』（「来山を読む会」共著。二〇〇五年）。趣味は観劇、読書、そして街歩き。大阪市在住。

児玉硝子さんの俳号の由来は、生家がガラス店だったから。「児玉硝子店」はきっと昭和なお店だろう。粋で涼しげで良い俳号だと思う。

硝子さんと私には共通の知人が多い。でも、硝子さん本人とはなかなかご一緒する機会が無い。まだまだ現役で忙しい硝子さんだからなのだが、今も私にとってはミステリアスな俳人だ。

百年後もういないけど木の芽和え　（『青葉同心』二〇〇四年）

人間である自分は百年後には「もういない」。そんな究極の虚無をあっけらかんと詠む硝子さんらしい一句だ。山椒の若葉をすり鉢ですり、白味噌と合わせて筍や独活と和える木の芽和え。目の覚めるような山椒の香りには木の生命力が詰まっている。自分のもういない世界を想像するのは寂しいが、木の芽は百年後も春にはやっぱり芽吹くだろう。その時、自分はいなくてもいい。そんな気持ちにさせてくれる木の芽和えの小鉢なのである。

言い負けて潜るプールの青い底　（同前）

楽しもうとやって来たプールサイドでも何かの拍子に感情が激するのは青春の証だろう。唐突にプールに飛び込んだのは負けた自分を消し去りたい衝動からだろうか。しかし、水中は別世界だ。プールの青い底に触れて、言い負けた口惜しさはもっと静かで深い別の思いに姿をかえる。

牡牛座が目印ペルー料理店　（同前）

インカ帝国の中心地だったペルーはスペイン語圏。アンデス山脈や日系のフジモリ大統領が有名だ。日本語学校の教師をしている硝子さんには、いろいろな国の教え子がい

百年後もういないけど木の芽和え
大砲を引き出すように桜咲く
言い負けて潜るプールの青い底
痔になってから良い役者露の玉
へらへらと雨ニモ負ケトコクリスマス
ラガー泣くうどんで首を吊ってやる
牡牛座が目印ペルー料理店
着ぶくれて木の横又は木の間
マフラーをまいてつばさをあたためて
八月一日泡の勉強した
八月の犬にうなずきうなずかれる
大阪は太い女も満月も
寒波来る割引券を配られて
伸びをして今日を始める蟬時雨
枇杷をむく指切りをした後の指

SENDAN ——— BLACK

る。教え子に紹介されたレストランの一つに牡牛座の看板を掲げた料理店があったのかもしれない。近年ペルー料理の評判は高い。或いは星の美しい本国ペルーを訪ねたことがあるのかも……。牡牛座の肩には昴星が輝く。「寒昴」などと言わずに「牡牛座」と言ったところがいい。

寒波来る割引券を配られて

（「船団」九八号　二〇一三年）

年末商戦の割引券を配られたのだろう。しかし、割引券は買い物をしない限りは使えない。客にとってはサービスでも何でもない。「なーんだ。タダ券じゃないのか」おまけに寒波まで。

大砲を引き出すように桜咲く

（『青葉同心』）

今か今かと待たれて一斉に咲く桜。満開の桜の迫力は、大砲の重量感と響き合う。だが、大砲を引き出すのが一大事業であるのと同様、桜もまたそう簡単に咲いてはくれないのである。

（星野早苗）

ネンテン先生が唸った。
「この俳句は柿の俳句では傑作だ」
その日、句会の兼題は「柿」で、たくさんの柿の俳句が紙面に並んでいた。

柿食べてウルトラマンの母になる

（「船団」九二号　二〇一一年）

先生が絶賛されたのは、鈴木みのりさんの柿の句だった。自著『ヒマ道楽』（岩波書店）の中にも柿が食べたくなる一句として掲載されている。「柿を食べたらウルトラマンの母になるのかどうか。真偽のほどは分からない。でも、なれると信じよう。そうすると柿を食べたくなるではないか」ウルトラマンの母になりたいかは別にして、柿を食べて変身できるのは愉快。みのりさんの俳句には、愉快が結構詰まってる。

鈴木（すずき）みのり

一九四九年広島県生まれ。一九六〇年に大阪府転居。句集に『ブラックホール』。コーチに声をかけてもらい、三十代、四十代の人たちとテニスをしている。池田市在住。

師の影をしっかり踏んで春の雪

（『ブラックホール』二〇〇七年）

師の影を踏む、という発想に、目くじらを立てる読者がいるかもしれないけれど、「春の雪」という優しい季語によって、いろんな解釈ができる。

春の雪は溶けやすいので、滑りかけて転ばないようにしっかり踏んで歩くのかもしれない。遠く離れたところで師を超えるようにとの思いから、近くにいるときは影をしっかり踏んで歩くのかもしれない。春の雪は卒業シーズン、別れ、巣立ちの象徴として、しっかり師の影を踏んで飛び立とうとしているのかもしれない。

柿を食べる、師の影を踏む。日常生活のこれらの行為を、みのりさんは、さらりと主体的な創造行為にまで昇華する。吉本隆明著『言葉にとって美とは何か』（角川選書版）のなかに、こんなくだりがある。「文学作品が道ばたの石ころより価値があるとするなら、それはどの場所よりもその

みつ豆のぷるんぷるんと雨上がる
金魚一匹自転車に乗って来た
緑雨の夜静かに腐蝕する二十歳
男達は戦争が好き父子草
春は曙都心回帰のコッペパン
泣く鉄人28号明易し
ボタン穴一つずれたる星月夜
饅頭の紙を剝がして日脚伸ぶ
師の影をしっかり踏んで春の雪
海の日をネクタイ青く出勤す
ペコちゃんが友達だったころの夏
冬銀河パンツのゴムを替えている
母届く一月のバス乗り継いで
柿食べてウルトラマンの母になる
白玉の浮いて秘密の一つ二つ

SENDAN ——— BLACK

なかに、作家の凝縮された行動があるからである」俳句を文学作品として読むかは議論のあるところだが、作家の自己表出が言葉を生かすことは俳句にも反映されていいと思う。そして、その創造行為によってつくられたみのりさんの俳句は、文脈はそれぞれの読み手に委ねるという俳句でもあり、秀句となっている。

みのりさんとは、朝日カルチャースクールの句会で知り合った。大柄で、澄んだ声で、犬一匹、猫一匹を飼っており、野良猫の世話までする心優しい、美しい人だ。テニスが好きという活動的な一面も持ち、私が休んだおりには、葉書で励ましてくれたりする心遣いの温かい女性だ。漱石の『坊っちゃん』や宮本輝の『青が散る』を好む人だ。

師であるネンテン先生の俳句の中で好きな句は、〈魂のひとり遊びの葉鶏頭〉。先生の本を購入したときにサインと一緒に書いてもらった句で、後に、折に触れて読んで、自身にとって大切な一句だという。

第一句集『ブラックホール』は好評で、短歌結社から原稿依頼がきたり、「増殖する俳句歳時記」に掲載された。

（衛藤夏子）

鳥居真里子（とりいまりこ）

一九四八年東京生まれ。一九八七年から作句。第十二回俳壇賞受賞。第八回中新田俳句大賞受賞。句集に『鼬の姉妹』『月の茗荷』。映画鑑賞、ボーと川を見ているのが好き。

鳥居真里子がジャズピアノとベースギターをバックに即興で俳句を詠むライヴパフォーマンスを観たことがある。いや、聴いたというべきか。終盤、彼女のミューズたる鶴が虚空から舞い降りてきた。光背のように翼を広げ。

星月夜盗むならあの鶴の首

（『月の茗荷』二〇〇八年）

真里子にあって鶴は現世と異界の往還の象徴。句末の首の影響もあって輝く星空がルナティックな光彩に染まる。字を追えば星、月、夜、盗、首、鶴はヨカナーンでもある。

鉄棒に折りたる花の夜のからだ

（『鼬の姉妹』二〇〇二年）

逆V字形に鉄棒の上に折られた身体、折られた桜の小枝、夜桜、そして夜のからだと読んでしまうとき現出する女体。一句の言葉と言葉の繋ぎ目はあらゆるところで文字通り折れて、折れる度にからだと花の図像が伸縮し明滅する。作者は切れとか取り合わせとかの既存の俳句論ではとどかない言葉の原初的な動力学を生得的に熟知しているのではあるまいか。見逃せないのは鉄棒のモノとしての質感、花の夜にあっての金属の冷たさ。句末のからだと響き合って、読者たる私の身体感覚に直接作用してくる。

福助のお辞儀は永遠に雪がふる

（同前）

おそらく真里子の句群の中にあって一番人口に膾炙された句ではないだろうか。人口に膾炙されることは句としての栄誉ではあるが反面迷惑な事態でもある。福助というポピュラーなキャラクター、一瞬にして現れる鮮明な映像、句中で起こっていることの分かりやすさ。膾炙される条件は揃っている。膾炙されるたびに読者同志で交わされる了解の目くばせ。そのような数多くの了解の集積が一句をやすやすと平板化してしまう不幸もある。永遠にお辞儀をするあのカラフルな福助人形の出自が一説によれば短軀大頭の実在の人物であったことも勘定に入れれば、その永遠と

鉄棒に折りたる花の夜のからだ
春の月噴水は水脱ぎにけり
冬眠の蛇は手鞠を抱きしまま
陽炎や輪にすれば紐おそろしき
天上にちちはは磯巾着ひらく
噴水の背丈を決める会議かな
手袋は黒海鳴りを握りしむ
福助のお辞儀は永遠に雪がふる
鏡餅置きたる闇が現住所
生きる途中土筆を摘んでゐる途中
討ち入りの日の蝙蝠傘と舌下錠
陽炎や母といふ字に水平線
黒こんにやくちぎつてなげて椿かな
星月夜盗むならあの鶴の首
胎児いまあやめの頃とささやきぬ

SENDAN ——— BLACK

いうレトリックが内実を、肉体をもってこないだろうか。
一方、雪も永遠に降りつづくのだとすれば美しい。

生きる途中土筆を摘んでゐる途中

（『月の茗荷』）

とても好きな句、きっと誰もが好きになる句、俳句を作らない人も。言葉と言葉を存分に遊泳させ、自らの美意識と身体性で統御するマジック、といった趣の多い真里子の句群にあっては異色ともいえる。ここには多分人間の生についての真理がある。そう、人はいつも何かの途中としての存在なのだ。この哲学的ともいえる観念がすっぽり俳句定型に収まってしまう奇蹟。もちろん哲学云々は事後的な感想なのであり、ここでは土筆摘みという絶妙なパラフレーズが俳句的に素晴らしい。土筆を摘むということは目的としての食用を前提にしているが、摘んでいるその時は、世界は土筆と私だけなのであり、私たちの生の実相が未来ではなくいま・ここにあることとの見事な俳句的実践である。

（**岡野泰輔**）

二村典子（にむらのりこ）

一九六二年愛知県生まれ。一九八五年から俳句を、二〇〇四年から川柳・連句を始める。句集に『窓間』。船団愛知句会の世話人。ねじまき句会（川柳）会員。特技はエクセルのピボットテーブル。

二〇一七年の初夏の集いの中で、二村さんから「つくった俳句のほとんどは不発弾」「まるで交通事故に遭うように俳句をつくりたい」などの名言が飛び出した。これらは、日頃から言葉について考え続けている二村さんだからこそ言えたのだと思う。二十代前半から俳句をはじめ、二〇〇四年からは川柳、連句にも取り組んでいる二村さん。その人生の多くを言葉にこだわって過ごす根っからの言葉好きだ。

世にかたき椎名林檎という林檎

（『窓間』二〇〇一年）

ふじ、つがる、王林、紅玉……。りんごの種類は数あれど、「椎名林檎という林檎」の発見をした二村さん。自らを林檎と名乗る歌手、椎名林檎の感覚も粋だが、その語感にたまらなくなった（であろう）二村さんの嗅覚も鋭い。「椎名林檎という林檎」なんて言い方、言われてみれば、そうだよねとも思うが、私の発想からはぱっと湧いてこないこんな言葉を、軽々と淡々と出してきていて愉快だ。

蜜も毒もたっぷりと含んでいそうなこの林檎をかじったら、さてどんな味わいだろうか。

大いぬのふぐりはなにを盗んだか

（「船団」八七号　二〇一〇年）

近くの広場や公園などでかわいらしく咲いている小さな青い花。普段の暮らしに寄り添ってくれるこの花の名前「大いぬのふぐり」が、ふぐり＝睾丸を表すと知り、ショックを受けた覚えがある。

一体どんな悪さをして、こんな残念ネームを拝領したのか。信じられないような名を持つ花を優しく諭す母性あふれる補導員のような、あるいはお釈迦様のような問いかけは、胸にしまい込まれた懐かしい光景と、幼い日の罪の意識に似た甘く切ないものを呼び起こしてくれる。ユーモラスでもあり、ほんのりと色っぽさも感じられる。

指先を離れてにごる梅雨の爪　（「俳句」二〇〇四年）

世にかたき椎名林檎という林檎

鶏頭も駅に佇むもののうち

秋の蚊と絞り足りない雑巾と

恩師みな東京で死ぬ揚雲雀

睡蓮やどこからどこまでが家族

深々と眼をいたわりて芥子を蒔く

指先を離れてにごる梅雨の爪

野遊びのだれの話も聞いてない

三寒四温鋏をさがしたのは昨日

ひいらぎの花のはじめの一人かな

黒南風や船になる木の大きくて

大いぬのふぐりはなにを盗んだか

紫陽花の眼に正面と平面と

実は実は秋の重さよ実は実は

鳥の巣へ百歩手前の静かな日

SENDAN ―――― BLACK

女の季節は春夏秋冬だけではない。うまく説明できないアンニュイに傾く季節ももちろんある。そんなナイーヴな感覚が表されていて心にすっと沁みこんできた句。

今まで自分の身体の一部だった爪が、切り離された途端、命を失って不要なものへと転じる——爪を切るという、日常の行為にひそむ小さな別れ、死の発見とそのささやかなもの（切り落とされた爪もそうである、それに連なる種々の思い）をいとおしく思う気もちが感じられる。

鳥の巣へ百歩手前の静かな日（「俳句」二〇一五年）

「百歩手前」といったら、どのくらいの距離だろうか？　もう「手前」という表現では表せないくらい遠いのではないか。そんなひそやかさ、でも確かに在る、いるのだといぅ感覚が詠まれた珍しい手触りの句。二村さんの俳句は、単語や語感に着想を得たと思われるものが多く、心の底から言葉を愛する姿勢がうかがえる。

そして、どこか少し離れたところから見ているような視点というのも、乾いた表情とでも言おうか、作品に飄々とした魅力を与えている。

（**松永みよこ**）

能勢京子（のせきょうこ）

一九三九年京都府生まれ。一九九五年、坪内稔典の俳句講座を受講し、俳句にのめり込んでいった。そして船団の会に入会。続いてMICOAISA句会でも学ぶ。句集に『銀の指輪』。現在、俳画講師。宇治市在住。

梨狩りや梨の形の新聞紙

（『銀の指輪』二〇〇五年）

この新聞紙は袋掛けのものだろうか。梨や桃や葡萄は袋掛けをするが、個人の家などはその袋を新聞紙で手作りすることもある。それとも採った梨を包んで持ち帰った新聞紙だろうか。とにかくその梨は新聞紙に長い間包まれていて、今しがたそこを抜け出した。ひょいと抜け出した梨がとても新鮮だ。愛された梨という感じである。梨を包んでいたその新聞紙は手を離れた梨をまぶしく見つめ、少しの間、梨の余韻、余香に浸っている。人間は誰も登場しないが温度がしっかり伝わる句である。

学校へすぐ春風になれる道

（同前）

「春風になれる……」はいろいろな形で俳句に登場する。この限られた字数のなかでどのように個性を出すか。この句の個性は「すぐ」だと思う。この句、子どもの風景とも大人の風景ともとれるが、私は大人のほうだと思っている。「すぐ」なれるのである。以前通った学校への通学路に行ってみよう。あっというまに自分を変身させることができる。私は今春風になったのよ、と自分の心を軽くする。

風花や烟（けむり）のように歩く人

（「船団」八九号　二〇一一年）

歳時記では「風花」は、「晴れていながら風に乗って雪片が舞うこと」とある。そうだ、晴れている日なのだ。このときの「けむり」はどのようなものだろう。「煙」という字からは、もちろん白色もあるが、灰色や黒色も想像する。この「烟（けむり）」は、辞書では「煙」の異体字であり意味は同じとあるが、何だかかすんだ感じがする。漢字一文字にも心を配る作者がいる。ちらちら雪の降る昼をかすかに動く人。かすかに揺れる繊細な空間。

この三句をあげて気づく。能勢京子という人はこのような人だったのか。俳句の中では無口。素直な気持ちが伝わ

春風や搭乗口の伸び縮み
梅雨の星天に向かって木馬かな
銀漢の尾の折れやすし落ちやすし
昼さびし桃の柔毛に触れたくて
梨狩りや梨の形の新聞紙
転生の河馬のゆったり文化の日
水底のどんぐり天涯孤独かな
凩やミルクの渦を真ん中に
学校へすぐ春風になれる道
風花や烟(けむり)のように歩く人
秋の旅九時十分の風に乗る
万緑の産声水の器より
磁石手に樹海に迷う秋の風
春の暮半ドアーのような人と居る
室咲きの蘭背信の匂いして

る。能勢さんは生徒を多く育てる俳画の先生である。物言いもハキハキ。句会で良いと思って手を挙げた句も徐々にもっとこうしたらという方向へ進む。俳画の先生が少し顔を出す。何しろパワフル。そのパワーで介護もやってのける。自身の百一歳のお母様を自宅で介護。とても協力的なパートナーとともに。一度このパートナーをお見かけした。お似合いのカップル。長年書道に親しんでおられるご主人は、奥様の句集『銀の指輪』の題字を書かれた。そして、〈春炬燵あの世に一番近き席〉（伊藤頼史）、伊藤頼史は能勢京子さんのお父様。なんてすっとぼけた軽妙な句だろう。九十一歳で亡くなられた。長寿の家系だ。能勢京子という俳人は、まだ長いであろうこれからの人生、どのような句を詠んでいくのだろう。楽しみにしたい。最後に私の大好きな、俳画にしてほしい句を揚げる。

梅雨の星天に向かって木馬かな

（『銀の指輪』）

宮沢賢治の『銀河鉄道の夜』を思わせる。雨に洗われたように輝く星。その星の瞬く紺碧の空に木馬が飛ぶ。

（小西雅子）

ふけとしこ

一九四六年岡山県生まれ。一九八七年より作句。一九九五年「俳壇賞」受賞。句集『鎌の刃』他。『ヨットと横顔』他。船団心斎橋句会幹事。草木、特に道端の草が好き。大阪市在住。

野の草へ露を配りにゆくところ

（『鎌の刃』一九九五年）

一読、スタジオジブリのアニメの一シーンが思い浮かび、作者が草々に秋を配りに行くと解釈した。が、それでは単なるメルヘンだ。もしかすると作者は、露が降りるのは自然現象であることを踏まえ、自然の不思議なパワーを第三者の視点で詠んだのかもしれない。メルヘンのかたちを借りて、普遍的な世界が提示されていると鑑賞するとがぜん一句の様相が変わる。

作者が植物や虫に造詣が深く、それらを素材にした多くの佳句の持ち主であることは定評があるが、そこには、単なる生き物に対する親和の情だけでなく、森羅万象を俯瞰する〝神の眼差し〟があるようにも思えてくる。

ふけ俳句の強みは、類想を寄せ付けない虚実皮膜の技だ。

おとうとをトマト畑に忘れきし

（『伝言』二〇〇三年）

前の句がメルヘンタッチならこの句はお伽話風と言える。最後が強調の気持ちこめる助詞「し」なので、うっかりではなく意図的に忘れたと読める。なぜ弟なのか、どうしてトマト畑なのか……ちょっとふざけてみたかのような句だが、かんかん照りの青臭いトマト畑に取り残された幼い男の子を想像すると「本当は恐いお伽話」という言葉がよぎった。姉と弟という関係には、根源的に愛憎半ばする屈折した心理がつきまとうものなのかもしれない。

ふけ俳句のもう一つの強みは、句の中に「〜だから」という解釈や説明を持ち込まないこと。ある意味不親切でもあり、分からないと素通りされる嫌いもあるが、読み手を信頼するいさぎよさは手強い。

鎌の刃も菖蒲も雫してをりぬ
まるまるとゆさゆさとゐて毛虫かな
野の草へ露を配りにゆくところ
荒畑に笑ひ転げて瓜なりし
足首に血の溜まりくる夜の新樹
蜜蜂に持たせすぎたかしら伝言
佐保姫の遊んでゆきぬ貝の殻
仏の座光の粒が来て泊まる
おとうとをトマト畑に忘れきし
明易し小樽に船の名を読んで
梅が咲く父がきれいに暮らす家
後の月インコに肩を貸してゐて
好きなもの目次あとがき鰯雲
狐火や抱き止めるのはいつも素手
星が飛ぶ人に没後といふ時間

SENDAN —— BLACK

後の月インコに肩を貸してゐて

（『インコに肩を』二〇〇九年）

上五に季語を置いた典型的な二句一章句。こういう場合の季語選びの巧みさと独自性も類想を誘わない一因だろう。ペットのインコを肩にすこし欠けた月を見上げる晩秋の後ろ姿に似合うのは、満月ではなく十三夜なのだ！と断定されると、その迫力に読み手は理屈抜きで共感させられる。俳句は断定の文学と言われる一面だろう。〝動く〟と批判される季語は、視点が定まらずキョロキョロしているからだ。ふけさんの十五句を読むと、最後に……がついて違ったところへつれて行かれそうな気配が漂う。思い入れを見せないオープンエンドの句作りも特徴だ。

こうしてくだくだしく書き連ねるとなんだか堅苦しい印象を持たれそうだが、ご本人にとっては、たとえば写真愛好家がカメラ片手にあちこちに出かけるのと同じように楽しい俳句ライフなのではと想像する。ふけさんの古今の俳句作品や知識の豊富さには常々感服するが、真の〝俳句好き〟とはこういう人なのだと感じ入る。

（内田美紗）

武馬久仁裕（ぶまくにひろ）

一九四八年愛知県生まれ。一九七四年から作句。著書に句文集『玉門関』『読んで、書いて二倍楽しむ美しい日本語』など。松山の「遊五人展」にアクリル画を出品。世界の石窟巡りに凝っている。岐阜県可児市在住。

玉門関月は俄に欠けて出る

（『玉門関』二〇一〇年）

あまり聞いたことがない関だから、どこか中国大陸あたりの古い関所だろう。その大仰な名に似合わず何となくうらびれた感じのその関所（跡）の辺に佇んでいると、急に月が出た。欠けた月が。俄かに、欠けて、という措辞が緊迫感、喪失感、哀愁をかすかに感じさせ、印象的な句だ。予備知識も何もなくこの句だけをはじめてどこかで読んだ時の感想である。月の動態実景ではなく作者の実景心象であったことを除いて、まあはじめに感じた通りではあったのだが、その後句文集『玉門関』を拝読し、さらにはその編集版で再読させて頂いて、武馬氏の俳句と叙事文の見事な響き合いに感じ入った。ゴビ砂漠に門だけが残り、巨大な土塊と化した玉門関。それにまつわる歴史と古い詩歌、そして今大草原に見る少数の遊牧民、家畜、関守、と現代の有態が淡々とつづられる。掲句が持つ意味合いはこのような叙事文でいちだんと深みと輝きを増す。名句は名文の中に在ると聞いたことがあるが、まさに掲句もそれに該当する。同著のトルコでの紀行文の中の、

沈黙の花売りだけが美しい

（同前）

の句は、トルコ紀行の叙事文の終わりにいきなりほとんど脈絡なく提示される。文章と俳句との衝突、取り合わせ。時折出て来るこの構成も氏の作品の特徴であり、文章にも俳句にもインパクトを与え、極めて効果的だ。このような構成は、言ってみれば古い俳文などでも見られるものだが、氏の考えた上での意識的作為なのだろう。

以前からその文章、句に興味を抱いていたが、氏と親しく話を交わさせて頂いてから未だ一年も経っていない。で、以下は失礼を顧みず筆者の予断と偏見。御海容の程お願いします。――まず博覧強記の人。これはその作品から誰し

パラソルが溶けて真赤な国興る
地下道を無名の人となって出る
栗の花ああ又悲しくなるころだ
友人が屋根伝いに来る月の夜
階段を上る人から影となり
はからずも失意の時はすべて春
玉門関月は俄に欠けて出る
瞑想の峡湾（フィヨルド）愛は捨て難く
パイナップル爆弾のようないやらしさ
雨の夜裸眼を向ける三一路（サムイルロ）
沈黙の花売りだけが美しい
輪郭のはっきりしない朝である
炎天のストロンチウムソーダ水
早春のノートに描く楕円形
この世では西瓜を割っているらしい

SENDAN ——— BLACK

も認めているところだ。氏の横溢する数多の知識は叙事文をしばしば饒舌にし、また句を難解にする。多才の人。氏の創作活動は文章や俳句に限らず絵画、写真などにもおよぶらしい。そして、ナイーヴ、ピュア。

栗の花ああ又悲しくなるころだ

（『G町』一九九三年）

栗の花が咲いている。その花を見、その強烈な香りにまみれていると今年もこの梅雨前の重く明るい季節がめぐって来たのを実感する。この季節には悲しいことが過去にあった。過去も含めて現在も悲しくなることがあるのだ。『現代俳句文庫78 武馬久仁裕句集』（ふらんす堂、二〇一五）の『G町』抄を通読してこの句に遭遇するとナイーヴさが生々しい。小川双々子は、氏の句は一つひとつは大したことはないが、ならべるとおもしろいと言われたそうだ（同書）。ならべられた句の行間にある物語が自ずと読み手なりに浮かび上がって来るからであろう。

（宮嵜　亀）

水木（みずき）ユヤ

二〇一〇年「船団」入会。二〇一三年、詩句集『カメレオンの昼食』。人間とは。芸術とは。思想とは。神とは。今日の夕食の献立は。息子はちゃんと勉強するのか。人生には疑問が多い。名古屋市在住。

ひとつぶを外しブドウの城に入る

（「船団」一〇八号　二〇一六年）

ブドウの城、言われてみると、内側からみっちり実ったブドウの房は、外から付け入る隙のない要塞。手のひらにひと房の重みをずっしりと受け止めて、自然の造形美に見惚れながらも、さてどこから攻めようか、という気分になってくる。そしてひとつぶを外せば、忽ち要塞の内部構造があらわになる。

このブドウはたぶん、マスカット・オブ・アレキサンドリア。薄緑の爽やかな色と透明感が水木ユヤさんのイメージにぴったり。ブドウの城に侵入しよう、という発想は、ユヤさんの根っこにある遊び心、こども心が生み出したものだ。

蟻の道じゃました誰もいない午後

（『カメレオンの昼食』二〇一三年）

夏の日射しを背中に浴びながら、こどもが庭先でしゃがんでいる。みんな出かけたから退屈。それでこの子、ちょっとイジワルをしている。蟻の進んでいく道に石ころを置いて、その先にまた置いて。

この子はユヤさん、そして私、そして他の誰もが当てはまる。みんな、小さな生き物にイジワルをしたし、イジワルをしている、という自覚もあった。その自覚をちょっとした痛みとして抱えながら、大人になってきたのだ。

ユヤさんは俳人であり、詩人でもある。詩句集『カメレオンの昼食』の中の「蟻」という詩は、

ありこつこつ

このつちはこびそとへだせ

こんもりおうちのいりぐちさ

とはじまるが、蟻を観察しているような、途中からユヤさんが蟻になってしまっているような愉快な作品。ユヤさんはこどもの頃、たびたび蟻を観察していたのだろう。つま

言いすぎた君の睫毛に春の海
さくらんぼ離れてなんて贅沢ね
蟻の道じゃました誰もいない午後
秋日暮れ鴉その木を喰いつくす
泣いている鼻ふいている秋日和
粉雪やわたしは窒素と混ざり合う
ホットチョコレート通りすぎる止まる
留守にします時折来ます花椿
ケンカして君のあくびをよけている
冷蔵庫あければアケビおはします
今男ありけりココア作りおり
駅2つ通り過ぎるで阿呆や夏
ひとつぶを外しブドウの城に入る
春立つや心の言葉あまる時
夏の陽はとんがらしの匂い手の静脈

SENDAN——BLACK

り、一人の時間をたっぷり楽しんできたタイプ。
夏の日の一人ぼっちの気分は、こんな句にも表れている。

夏の陽はとんがらしの匂い手の静脈

（「船団」一一一号　二〇一六年）

夏の灼けつくような日射し、ヒリヒリとした皮膚感覚、それは匂いで言えば、とんがらしの匂い。何だかヒリヒリするぜい、とふと眺めるのは手の静脈。この中を真っ赤な血が流れている、うん私はいま生きている、生きているというのはヒリヒリするもんだぜい、と思っているのは、大人になった、蟻の道をじゃましていたあの子だ。

ユヤさんの詩「最悪」には「宇宙人に／かみつかれ／／猫は／いうことをきかない／／ふんだりけったりな／この頃のボクに／／最悪なのは／ママのチュー」というフレーズがある。ユヤさんには、大人になっても息づいている幼女期、少女期の感性と、息子さんとともに過ごす中で獲得した少年の感性とが同居していて、それらが創作の源泉になっているようだ。

（山本純子）

皆吉（みなよし） 司（つかさ）

一九六二年東京都生まれ。一九八一年から作句。「雪解新人賞」受賞。句集に『火事物語』、評論集に『多感俳句論』など。俳句を中心とした芸術全般に興味を持つ。東京都在住。

皆吉司は、五七五の表現はオブジェ化している、と見ている。その意見は『どんぐり舎の怪人』（二〇〇五年）などのエッセー集で何度も述べられている。オブジェとは何か、ということになると、ややむつかしくなるが、オブジェとしての俳句は、たとえば次のような司の句であろう。

小春日や隣家の犬の名はピカソ

（『火事物語』一九八四年）

暖かな小春日、隣家にピカソという名の犬がいるのだ。啼き声が聞こえるのかもしれない。あるいは、庭で遊んでいるのが見えるのか。犬はその名のピカソらしく、なんだか抽象的、いかにも前衛画家です、という顔をしている。

オブジェは現代アートにおいて、無意識に対応する物体（対象）と見なされている。右の司の句の場合、小春日という日本的時空が、ピカソによって西欧化される。小春日はまた古典的というかやや古い感じをともなうが、それをピカソの犬が現在化している、と言ってもよい。その日本と西欧、昔と今の交差の中に、おそらく作者の無意識がにじんでいるのだ。

スペインの椅子に南瓜をしばりけり

（『燃えてゐるチェロ』一九九一年）

これは今回の十五句からはもれている句だが、右で述べたことをそのまま作品化している気がする。しかも、しっかりと絵になっていて、俳句がまさに五七五の言葉の物質という感じだ。

俳句は写生である、という見方、それが近代百年間の俳句史の主流をなした見方だが、写生とオブジェには微妙な違いがある。写生は対象を写す、つまり、作品以前に対象があるが、オブジェはそのような対象ではない。表現されて初めて、無意識の現れとして物質（対象）が存在する。五七五の言葉が物質化（対象化）するのだ。

私の俳句に対する見方も以上のような司のそれに近い。たとえば〈水中の河馬が燃えます牡丹雪〉という私の句は、

小春日や隣家の犬の名はピカソ
門柱に朝刊置かれ火事終る
新樹切り倒してみたき誕生日
銀の柄のナイフが欲しき虫の闇
蔵の窓より六月の気球見ゆ
夕焼けてセーヌをはしる船は鰐
政変やトマトに塩をふる男
引き出しを鹿が出てゆく星月夜
梅雨寒しピストルといふ形かな
正月の金魚が元気元気かな
父と火事みてゐる二階夜の柿
岡本太郎記念館へ電話をかけし柿日和
茶色で描きし婦人像あり秋の壁
象のゐる街なり春の吉祥寺
冬林檎つかむ爆弾の如一つ

SENDAN ——— BLACK

五七五の言葉のオブジェである。現実にはありえない光景だが、オブジェとしてはありえる。ちなみに、私の河馬の句に似た司の作は、

夕焼けてセーヌをはしる船は鰐

（『船は鰐』一九八八年）

であろう。夕焼けのセーヌ川を走る船になった鰐が物質化されてあざやかな絵になっている。ともあれ、オブジェは言葉の絵のようなもの、と見るのが一番分かり易いかも。

梅雨寒しピストルといふ形かな

（『夏の窓』一九九七年）

この句は、一句全体がオブジェになっているのではなく、梅雨寒という季語をオブジェ化したというべきか。そのオブジェ化がおもしろいのは、梅雨寒はピストルではなく、「ピストルというかたち」と表現したことだ。それはピストルに似ているが弾は出ないかもしれないのだ。いや、出ないのだ。なんだかとてもみっともない何かが物質化されているのだろう。

（坪内稔典）

山本（やまもと）たくや

一九八八年京都府生まれ。ただの真面目な社会人。二十歳から作句、二〇一〇年に「船団」入会。「第八回鬼貫青春俳句大賞」受賞。その他、諸々の俳句賞受賞。第一句集『ほの暗い輝き』。趣味は酒。

草食系男子代表心太

（『ほの暗い輝き』二〇一五年）

実際に存在するならば、苦笑しながら眺めてしまいそうなのが、この句の男子代表。人によっては、つい応援したくなってしまうお節介なオバサンもいそうだ。その草食系界における男子代表に取り合わせられたのが、不透明で流されやすい心太である。頼りなさ抜群。この俳句は、心太そのものを草食系男性の表れと見立てたとも、草食系男性が手にする食べ物とも解釈できる。

心太は淡白味でダイエットに優しい零カロリー。確かに心太の原料は、天草で草なわけで。でもそもそも海草っていわゆる草なんかと一緒にしていいのかしら。さっきから心太をお箸で摑もうとするも、ツルリと滑って逃げていく。いいや、心太なんかツルッと流し込んじゃおう。ツルツルッ、ごくり。あらま、心太ってば、腰がなさそうで意外にもあるじゃないの。ただね、期待を裏切らず心太は脆い。俳句に戻り、漢字で総表記した一句を見たところで、草食系だもの。やっぱり、大丈夫なの？　と思ってしまう可笑しさがある。言い得て妙な句である。

るるるるるるるるるるふるるる春る

（同前）

「る」がやたらと多いこの俳句、草野新平の「春殖」を思い出す。「る」という文字だけが二十個並んだ詩だ。他に文字情報は一切ない。ただ「る」ばかりが並ぶ詩だ。

一方こちらの俳句は、「る」の中に違うことばもある。揚句を視覚的感覚として捉えて思い出すのは、やはり詩である。山村暮鳥による「風景」という詩には、ただ「いちめんのなのはな」ということばだけが一行ごとに羅列されていく。それが三連続く。ただし各連の最後から二行目には、必ずほかのことばが入る。それが「いちめんのなのはな」ということばの羅列の片隅に急に現れるものだから、文字情報が視覚的な機能を果たす。この「るるるる」俳句

春愁は三角座り、君が好き
わなわなとふるえる太刀の向こうに虹
裁判長！スイカに種はいりますか
夏休み終わる！象に踏まれに行こう！
ぶらんこを漕ぐたび愛が弾けてBANG！
草食系男子代表心太
失恋は辛いね大根切ろうね
比較的にナスビは好きよ、別れましょ
車椅子ブリキの人体夏野へと
詩人が吐血し跡に冬の蝶
るるるるるるるるるるふるるる春る
青い背中が遠くへ帰る毛糸編み
ボーっとしてコップに滝が入らない
月仰いで唾ぺってもっとぺってぺってする
3月とキスした3月が笑った

SENDAN ——— BLACK

にもそれと同じ機能を果たさせているように、私は感じる。同時に、もしかすると作者は、草野新平や山村暮鳥らの詩の影響を受けたのではないかとも思う。大学院で韻文を専攻し、現在は国語教師である作者は、これらの詩に倣い、視覚的効果を狙った俳句を詠んでみたのではないだろうか。

さて、もう少しこの俳句についてよく見てみよう。中七に「ふる」。まるで「る」が降ってくるかのようだ。そして下五に「春る」。毛頭そのようなことばは日本語にはない。るるるるる♪るるる♪それでもこのように、これだけ「る」が降り注いだあとに「春る」がくれば、「春る」は春を表す動詞であったかもしれないと楽しい錯覚をおこす。るるるるる♪春は始まりの季節。何が降ってくるか言及されていない。降ってくる内容が読者に一任されているのもまた楽しい俳句である。

山本たくやの作品は全体的に個性的なものが多い。いろいろと試しているのだろう。街で血相を変えてタクシーに乗り込む作者を見たことがある。行き先は句会だったようだ。急発進をして行ったタクシーのように、作者はこれからも精力的に俳句を詠んでいくのだろう。　（船井春奈）

若森京子（わかもりきょうこ）

一九三七年生まれ。俳歴四八年。昭和五〇年「海程」、平成二年「船団」入会。花賞、海程賞、海降賞、三田市文化賞、兵庫県半どんの会賞を受賞。三田市俳句協会会長。関西現代俳句協会副会長。毎日新聞兵庫文芸選者。

俳句は読みがむつかしい。人によって読みがさまざまになり、なかなか共通の読みに至らない。それは俳句がとても片言的だから、というのが私の持論だが、若森京子の俳句はことに片言性が強い。

いま青羽根です四万十川小学校
旅の寝息おおごまだらに合わせたし

右は句集『藍衣』（二〇〇九年）にある句で、私の愛誦しているものだが、京子はこの二句を十五句に選んでいない。彼女が選んだのは次の句を含む三句だ。

ふいの眼にふいの加齢や晩白柚

目に来た加齢と晩白柚を取り合わせた句だが、私にはこの取り合わせた二つがやや近縁的に見える。俳句用語でいえばつき過ぎだ。このつき過ぎの句よりも、青羽根になった四万十川小学校のほうがはるかに新鮮ではないか。あるいは、蝶のオオゴマダラに合せる寝息の方が魅力的。でも、作者の京子自身は晩白柚の方を選んだ。ここに、読みのむつかしさが如実に露出している、と私は思う。

授乳の汀しずかに被曝の波寄せる

京子は句集『簞笥』（二〇一四年）から右の句を挙げている。福島を詠んでいるのだろうが、意味が分かり過ぎて言葉に魅力がない。授乳に波が寄せるという風景は原始的というかアニミズムを感じさせる。だが、「しずかに被曝の」がおもしろくないのだ。説明的な言葉に終わっていて、片言の魅力を発揮しない。

今、私は『簞笥』から好みの句を抄出し、ねんてん編「簞笥」を編みたい気分になっている。

髪濡れしまま眠る獅子座流星群
如月や臓器のようなトロンボーン
魚類画集みるみる少年に潮満ちて
野の凹み母か野兎にまた会える
瀕死のマンタ父のマントかしら

抄出を五句だけでやめるが、なんともやわらか、そして

いっぽんの絵日傘のなか彷徨す

吉野にて
夕月も簞笥も葛の葉にのりて

蘭の気配に六人は蘭のことば

母はいま春蘭ごはん欲しいという

ふいの眼にふいの加齢や晩白柚

うたたねの私に岩波文庫の瀬

脱稿や花野に柔らかい落馬

雛流し耳殻（じかく）にはるかなる怒濤

透明ないのちの分母かたつむり

ふくしまや虹を観念的に画く

授乳の汀しずかに被曝の波寄せる

七十路絽にも紗にも添い遂げよう

絽のきもの解けば万のうすばかげろう

三人は蜻蛉の匂い憂国忌

おはぐろとんぼ口中ねばり生きる事

SENDAN —— BLACK

素朴な感性が京子の五七五の言葉に息づいている。いいなあと思って、ほれぼれとこれらの句を眺めている。

いつだったか、あれは「現代俳句」という雑誌を出していたころだから三十代の初めだが、兵庫県篠山市にあった山城、八上城跡を京子や友人たちと訪ねた。その折の体験を元にして、私は「丹波にて」という連作を残している（句集『わが町』）。〈丹波路の蜻蛉は水の羽根たたむ〉に始まり、〈丹波路の蜻蛉の羽根が燃えている〉で終わる連作だ。なんとなく先に引いた四万十川小学校やオオマゴダラの句に似ている気がする。

猫柳ひょいと人間流れ着く

これも『簞笥』にある句だが、川岸の早春の風景だ。猫柳はそこから人間の歴史や物語が始まる原点なのかも。ともあれ、京子との付かず離れずの付き合いが今に至っているが、会うことはめったになく、会っても立話ていど。でも、一筋の清流が互いの心を流れる感じがする。もっとも、京子が清流を感じるかどうかは知らない。

（坪内稔典）

あとがき

AFTERWORDS

赤

「赤」の編集を担当させていただいた。古い詩（王安石『詠柘榴詩』）に「万緑叢中紅一点、動人春色不須多」（万緑叢中紅一点、人を動かすに春色多きをもちゐず）とある通り、一点の赤はそれだけで人の心を動かす。赤は、周囲の雰囲気を一変させるに十分な力を持つ色なのである。明るく、愛らしく、華やいだ雰囲気を感じさせると同時に、赤は情熱の色でもある。スポーツのユニフォームにも好まれる色だ。子どもたちに人気のスーパー戦隊も、代々のヒーローは赤のスーツを身につけている。子どもの目にも、赤は強くて頼れる色なのだろう。赤グループの作者には、どこかにそんな紅一点が見え隠れしないだろうか。作品の鑑賞を深めていく過程で、それぞれの作者に何らかの紅一点の発見があったなら、素敵なことだと思う。

（星野早苗）

青

私は「青」を担当させてもらった。

「センス・オブ・ワンダー」という言葉がある。この世界の軽妙さに対する驚き、不思議さに驚く感性。この地球の美しさと神秘を感じ取れる人、感じとろうとしている人。とするならば、このアトランダムに選ばれた「青」グループの十六名はセンス・オブ・ワンダーに満ちているのでは。

「えーえんとくちからえーえんとくちから永遠解く力を下さい」とうたった歌人がいたが、切なくえーえんを求め続ける力は青春そのものではないだろうか。ある意味船団の仲間みんながそうなのではと思えてくる。初めに原稿データを添付ファイルで受け付ける係をさせてもらったが、そのやり取りの中でもそれを感じることができた。

青は春の色。青春。

（村上栄子）

白

ティッシュペーパーをもてあそんでいたらてるてる坊主の形になった。目鼻を描いてみた。もう一枚足してみたら姉様人形風になった。ちょっと色を着けてみたら、ますます面白くなった。こんな紙一枚でも結構遊べるものなのだ。薄くて頼りない白い紙だけれど。私は「白」グループを担当。ニュアンスの異なる多くの白に出会えた。それにしても白とはどんな色？　イメージとして無垢・純粋、清潔等が上がってくるのだが、そうとばかりも言えないかも。自由に染められるように見せながら、他の色に混じって、その色を薄めてみたり、濁してみたりという悪戯っ子的なところもあるのだ。書道用紙、画用紙や画布、短冊をはじめ句会で使う紙類の何れもが白い。そこに作品が生み出されてゆく。船団の仲間達は何らかの白と関わっていることだろう、今日も。

（ふけとしこ）

黒

私は「黒」を担当させて頂いた。キリっとシャープな印象を授ける黒は都会的で、大人の装いにとって不可欠だ。黒髪と黒い瞳の日本人にとっては尚更のこと。黒のグループは、そんな凛とした人たちがいる。加えて、黒色は他の色に与える影響が強い。赤、青、黄、白と組み合わせることでその色を引き立たせ目立たせることが出来る。黒には落ち着き、重厚、威厳といった効果もあるせいだ。カラフルな俳人の集う「船団」において、黒は無くてはならない存在である。

（藤井なお子）

黄

「黄」を担当することになり真っ先に思い浮かべたのは、蕪村の〈なの花や月は東に日は西に〉である。これは黄色の花で埋め尽くされた句だ。和歌の世界では詠まれなかった菜の花を中心に置き、月と日を配した大きな景を詠んでいる。このような今までになかった新しい俳句を作る、ということは並大抵のことではない。黄の持つ明るさや危険性、ユーモアなどを駆使して、より新鮮な俳句を作りだそうとしている人たちがこの章では目立った。口語俳句の個性的な作品も見られる。

二〇一六年の年末に本作りが始動した。私たち編集委員は何度も会議をし、原稿の件では船団の仲間と電話で話し合ったりしながら、やっと『船団の俳句』が出来上がった。

本阿弥書店の黒部隆洋様には大変お世話になり御礼申し上げます。

（小枝恵美子）

船団(せんだん)の俳句(はいく)

2018年３月30日　第１刷

定価：本体1700円（税別）

発行者　奥田洋子

発行所　本阿弥(ほんあみ)書店

東京都千代田区神田猿楽町2-1-8　三恵ビル　〒101-0064

電話　03（3294）7068㈹　　振替　00100-5-164430

印刷・製本　日本ハイコム

（3083）

ISBN978-4-7768-1367-5　C0092

Printed in Japan